옮긴이 **이세진**

서강대학교와 같은 학교 대학원에서 철학과 프랑스문학을 공부했다. 출판번역가로 일하면서 『어린 왕자, 영원이 된 순간』, 『돌아온 꼬마 니콜라』, 『80일간의 세계일주』, 『아라비안 나이트』, 『명상록 수업』 등을 우리말로 옮겼다.

그린이 **박라희**(스텔라박)

손 그림이 좋아 색연필로 따뜻한 세상을 그린다. 『오늘도 반짝이는 행복을 줄게』글·그림, 『함께여서 반짝이는 하루 컬러링북』글·그림을 작업했다.

인스타그램     @illustella
이메일        stelladorable@naver.com

# 토비

## 와

# 키키

*어수룩한 멍멍이 토비와 냉소적인 야옹이 키키의 시골 일일*

# 토비
## 와
# 키키

시도니 가브리엘 콜레트 지음 · 이세진 옮김 · 박라희 그림

헌사

라실드에게

# 서문

부인,

어떤 순간에는 마치 태어나는 것 같습니다. 그럴 때 발바닥이 스페이드 에이스 모양인 그 무엇을 바라보고, 알아봅니다. 그것이 입을 여네요. 왈왈. 개입니다. 다시 바라봅니다. 스페이드 에이스는 클로버 에이스가 됩니다. 그것이 말합니다. 냐아아아옹. 고양이입니다.

이것은 눈에 보이는 세상의 이야기, 특히 나의 대자(代子)들인 멍멍이 토비(Toby-Chien)와 얌전 빼는 고양이 키키(Kiki-la-Doucette)의 이야기입니다. 그들은 참으로 자연답기에―내가 말하는 자연다움이란 오세아니아의 원주민들에게 적용될 법한 의미입니다―그들의 모든 태도는 그저 삶이라는 지극히 단순한 제안으로 수렴됩니다. 그들은 단어의 완전한 의미에서 동물들, 감히 철자를 제대로 쓴다면 'animos(생기를 띠는, 격분하는 것들)'이지요. 그들은 파우스트의 동물들이 그랬듯이 능히 이렇게 외칠 수 있습니다.

　　멍청한 바보 양반!
　　냄비도 몰라보고,
　　가마솥도 몰라보네![1]

　하여, 부인께서는 그들을 응당 그들이 있어야 할 곳에 두었습니다. 윌리 씨의 집이라는 지상낙원에 말이지요. 당신네 응접실의 고무나무와 종려나무는, 그 공간의 크기를 고려할 때, 에덴동산의 무성한 식물군 같은 인상을 풍길 테지요. 그 잎들이 무슨 조화를 일으켜 오래전 『르 탕』의 문학평론가였던 가스통 데샹[2] 선생이 (그가 샤토브리앙을 막역하게 대했던) 사바나 초원과 콜레주 드 프랑스에 자신이 진정한 시인을 얼마나 사랑하고 이해할 수 있는가를 공표하기에 이르렀는지 이해가 갑니다.

　이렇게 말하는 이유는 부인이야말로 진정한 시인이요, 나는 기꺼이 그 사실을 파리 사람들이 유명인에 대해서 으레 만들어내는 전설을 더 이상 신경 쓰지 않고 말하고 싶기 때문입니다. 파리 사람들은 고갱과 베를렌의 천재성보다는 그들의 기행(奇行)에 더 감탄하지요. 그렇기 때문에 이름 붙일 수 없는 어떤 감상주의, 질서, 순수, 그 밖에도 부인을 이끌어주는 다채로운 미덕들에 대해서

1　『파우스트』1부 중 마녀의 부엌 장면.
2　가스통 데샹은 프랑스의 고고학자, 작가, 언론인으로서 1893년에 아나톨 프랑스의 후임으로 『르 탕』의 문학평론가로 활동했다.

쥐뿔도 모르는 사람들이 부인은 짧은 머리를 했고 윌리 씨는 대머리라고 거듭 떠들어대는 사태가 일어나는 겁니다.

오르테즈에 사는 내가, 부인을 직접 본 적도 없는 내가, 부인을 익히 아는 파리의 명사들에게 부인을 소개해야 하는 겁니까?

그러므로 나는 콜레트 윌리 부인은 결코 짧은 머리를 한 적 없다고, 남장을 하지도 않는다고, 연주회에 고양이를 대동하고 참석하지 않는다고, 부인과 친한 여성분이 키우는 개가 포도주 잔으로 물을 마시는 건 아니라고 말합니다. 콜레트 윌리 부인이 다람쥐 우리에서 일한다든가, 링을 이용한 곡예를 하면서 발가락이 목덜미에 닿게 한다든가 하는 말은 정확한 사실이 아닙니다.

콜레트 윌리 부인은 늘 새벽같이 일어나 말에게 귀리를, 닭들에게 옥수수를, 토끼들에게 양배추를, 카나리아들에게 개쑥갓을, 오리에게 달팽이를, 돼지들에게 밀기울 섞은 물을 주기를 게을리하지 않는 중산층 여성이었습니다. 여름이나 겨울이나 오전 8시면 하녀와 자기 자신을 위한 카페오레를 준비하는 여성이지요. 그녀가 이 찬탄할 만한 책을 마음에 새기지 않고 흘려보내는 날은 하루도 없었습니다:

『부인네들의 시골집』
미예-로비네 부인 지음


벌집, 과수원, 텃밭, 외양간, 닭장, 온실은 콜레트 윌리 부인에게 어떤 비밀도 가질 수 없습니다. 어떤 거물 공직자가 땅강아지들을 소탕하는 비법을 제발 가르쳐달라고 무릎 꿇고 애걸했는데도 그녀는 알려주지 않았다더군요.

콜레트 윌리 부인은 내가 지금까지 묘사한 인물과 전혀 다르지 않습니다. 나는 사교계에서 그녀를 만났던 무리가 그녀를 까다로운 사람으로 만들었다는 것을 압니다. 그리고 어느 정도는, 상징주의자들의 케케묵은 취향을 그녀에게 돌린 것도 그들이었을 겁니다. 우리는 그 뮤즈들의 옷이 얼마나 즐거움과는 거리가 먼지, 달걀 껍데기처럼 표정 없는 얼굴 위의 노란 머리띠가 얼마나 가증스러운지 잘 압니다. 오늘날 뮤즈들의 옷과 머리띠는 툴루즈 카피톨의 서랍 속에 고이 보관되어 있고 이제 가스통 데샹 선생이나 장 조레스, 혹은 베르생제토릭스[3]를 기리는 12음절 시구를 부르짖을 때가 아니면 거기서 *끄*집어낼 일이 없지요.

콜레트 윌리 부인은 이제 문단에 어엿한 시인으로—마침내!—우뚝 섰습니다. 곱게 화장하고 월계관을 쓰고 반장화를 신고 리라를 든 뮤즈들을 그녀는 파르나소스[4]의 정상에서 발끝으로 밀어 산기슭까지 내려보냅니다. 그 뮤즈들이 몽슬레[5]에서 르낭[6]에 이르기까지 숱한 작가들에게 수사학 수업에 대한 열망을 불러일으켰더랬지요. 그런 그녀가, 달의 여신 디아나가 자신의 사냥개를 소개하고 바쿠스의 무녀가 자신의 호랑이를 소개하듯 당당하게, 자신의 불독과 고양이를 소개하니 그 마음씨가 참으로 친절하지 않습니까?

그녀의 사과 같은 뺨, 물망초 같은 눈, 개양귀비 꽃잎 같은 입술, 인동덩굴 같은 우아함을 보세요! 초록 생울타리에 몸을 기대는 태도, 혹은 여름이 웅성거리는 정자 밑에 누워 있는 자세는 스카프를 목에 세 바퀴 두르고 바지 끈을

---

3 로마군에게 저항한 골족의 영웅.
4 그리스 델포이에 위치한 산으로, 그리스 신화에서 아폴론과 뮤즈들이 거하는 곳이다.
5 극작가이자 시인이었고 특히 미식에 조예가 깊었던 샤를 몽슬레.
6 프랑스의 사상가이자 『예수의 생애』를 쓴 작가 에르네스트 르낭.

단단히 묶은 채 여신들에게 맡겨진 비니의 늙은 치안판사의 뻣뻣한 태도에 비견할 만하지 않은가요? 콜레트 윌리 부인은 살아 있는 여성, 용감히 자연답게 살아가는 진짜 여성, 삐뚤어진 글쟁이 여성보다는 시골 새댁을 더 닮은 여성입니다.

그녀의 책을 읽어보세요. 그러면 나의 주장이 얼마나 딱 맞는 말인지 알게 될 겁니다. 콜레트 윌리 부인은 이 매혹적인 두 동물에게로 정원의 향기, 들판의 서늘함, 국도의 열기, 인간의 모든 근심을 귀착시키면서 즐거웠을 겁니다. 그래요, 모든 근심이지요…… 나 말하노니, 숲속에 울려 퍼지는 초등학생 여자아이의 웃음소리 너머로 나는 샘물의 흐느낌을 듣습니다. 우리는 강아지나 고양이를 들여다보면서 먹먹한 불안이 가슴을 채우는 것을 느끼지 않을 수 없습니다. 우리를 그 동물들과 비교하면서 우리를 그들과 분리하는 모든 것, 그들과 하나가 되게 하는 모든 것에 민감해지지요.

개의 눈동자에는 천지창조 이래로 요지부동인 박해자의 채찍을 헛되이 핥아왔던 슬픔이 어려 있습니다. 아무것도 인간의 완악함을 누그러뜨리지 못했습니다. 굶주린 스패니얼이 잡아 온 먹이도, 별빛 아래 어둠 속의 양 떼를 지키는 셰퍼드의 겸허한 순수도 인간을 달라지게 하지는 못했습니다.

고양이의 눈동자에서 비극적인 공포가 번득이지요. 옴이 오르고 배는 고파 죽을 지경인 고양이가 두엄더미에 누워서 "나한테 또 뭘 하려고?"라고 묻는 것 같습니다. 그는 새로운 형벌이 자신의 신경계를 뒤흔들기를 초조하게 기다리느라 열이 오릅니다.

……하지만 두려워하지 마세요…… 콜레트 윌리 부인은 아주 좋은 사람이랍니다. 그녀는 멍멍이 토비와 얌전 빼는 고양이 키키가 그들의 조상으로부터 물려받은 공포를 금세 물리쳐 줄 겁니다. 그녀가 종족을 개량했으니 개와 고양이도 결국은 콜레주 드 프랑스 회원 후보보다는 시인과 상종하는 편이 훨씬 덜 지루하다는 것을 이해하게 될 겁니다. 비록 그 후보가 『무덤 저편의 회상』의 저자[7]가 악어의 아가리를 뒤죽박죽으로 묘사했던 것보다 훨씬 더 방대하고 상세한 묘사를 보여주었더라도요.

멍멍이 토비와 얌전 빼는 고양이 키키는 그들의 여주인이 각설탕 한 조각, 생쥐 한 마리에게도 해를 끼치지 못할 사람이라는 것을 잘 알지요. 그녀는 기쁨을 주기 위해 꽃 같은 단어들로 줄을 엮고 그것으로 줄넘기를 합니다. 그녀는 그 꽃줄을 다치게 하는 법 없이, 우리에게 향기를 전해 줍니다. 프랑스의 맑은 시냇물 소리로 부르는 그녀의 정답고 애절한 노래에 동물들의 심장 박동은 몹시도 빨라집니다.

프랑시스 잠
(시인)

---

7 앞에서도 언급된 샤토브리앙을 가리킨다.

# 등장 동물

## 멍멍이 토비

검은 얼룩무늬의 불독(♂)

하등 중요하지 않은 주인 '그녀'(♀)

## 얌전 빼는 야옹이 키키

샤르트뢰 종의 고양이(♂)

하등 중요하지 않은 주인 '그'(♂)

# 감상적 기분

햇볕이 드는 현관. 점심 식사 후의 낮잠. 뜨거운 돌 위에 널브러진 멍멍이 토비와 얌전 빼는 야옹이 키키. 일요일의 적막. 하지만 멍멍이 토비는 잠든 게 아니다. 성가신 파리들과 거하게 먹은 점심 때문에 괴로워하고 있을 뿐. 멍멍이 토비는 개구리처럼 납작하게 배를 깔고 누워, 미동조차 없는 키키의 호랑이를 닮은 몸뚱이까지 제 꼬리를 늘어뜨리고 있다.

자?

(가볍게 가르랑거리는 소리) …

살아 있긴 하냐? 왜 이리 납작해? 고양이 가죽만 깔아놓은 것 같다.

(다 죽어가는 소리) 신경 꺼…

아픈 거 아냐?

그런 거 아냐… 신경 쓰지 마. 나 잔다. 내 몸뚱이가 있는지 없는지도 모르겠다. 너랑 살기 정말 힘들다! 밥도 먹었고, 오후 두 시야… 자자.

잠이 안 와. 뱃속에 뭐가 얹히기라도 했는지. 내려가긴 내려가겠지. 그런데 얼른 내려가질 않네. 게다가 이놈의 파리! 파리 때문에 못살 겠어! 한 마리만 보여도 돌아버릴 것 같아. 어떻게 저러지? 무시무시한 이빨을 장착한 턱이 있어봤자 무슨 소용이 있담(내 이빨 부딪히는 소리 들어봐!). 저 망할 놈의 파리는 잡을 수가 없네! 아, 내 귀! 아, 내 안쓰럽고 부드러운 흑갈색 배! 열이 오른 콧등! …야, 보여? 내 코 위에 앉았어. 어떡하지? 할 수 있는 한 얼굴을 구겨보지만… 이제 두 마리가 앉았네? 아니, 한 마리뿐이야… 아니, 두 마리야… 설탕 조각처럼 내던져버릴 테야. 그래봤자 나만 허공을 움켜쥐고 허탕을 치고 마네. 지친다, 지쳐. 햇빛 싫어. 파리 싫어. 다 싫어!

멍멍이 토비가 신음한다.

19

(잠이 덜 깬 데다가 햇빛 때문에 생기 없는 눈을 하고 일어나 앉는다) 기어이 날 깨우고 마는군. 넌 어차피 이걸 원했지? 내 꿈이 죄다 달아나 버렸어. 네가 쫓는 저 성가신 파리들이 내 수북한 털 위에 내려앉든 말든 난 거의 느낌도 없었어. 애무처럼 기분 좋은 스침이 나를 감싼 털을 부드럽게 눕히고 되레 전율이 느껴졌건만… 왜 그리 조심성이 없어? 상스러운 즐거움으로 폐를 끼치고, 괴로울 때는 연극 조로 낑낑대고. 누가 남쪽 출신 아니랄까 봐!

(씁쓸하게) 나한테 이딴 소리 하고 싶어서 일어난 거면…

(정정하며) 내가 일어난 게 아니라 네가 깨운 거야.

불편해 못 견디겠으니 좀 도와줬으면 했던 거지. 따뜻한 말 한마디라도…

난 그런 속 편한 말은 할 줄 몰라. 우리 둘 중에서 늘 내가 성질 고약한 쪽으로 통한다는 걸 생각하면 진짜! 너 자신을 좀 들여다봐, 우리 둘을 비교해 보라고! 너는 더우면 더워서 죽겠다, 배고프면 배고파 죽겠다, 추우면 얼어 죽겠다…

(심기가 상해서) 난 원래 예민해.

예민? 지랄맞다고 해야지.

아니, 그렇지 않아. 네가 끔찍한 이기주의자인 거지.

어쩌면 그럴지도. 두 발 족속과 너는 고양이의 이기주의라고 하는 것을 전혀 이해하지 못해. 우리의 생존 본능, 얌전한 조심성, 위엄, 결코 이해받지 못할 걸 알기에 나올 수밖에 없는 지치고 체념 어린 태도를 한데 뭉뚱그려 그렇게 부르는 거야. 너는 딱히 기품 있는 개는 아니지만 적어도 편견은 없지. 너라면 나를 좀 더 이해해줄까? 고양이는 손님이지 장난감이 아니야. 솔직히 우리가 어쩌다가 이런 시대에 살게 됐는지 모르겠어! 두 발 족속, 그러니까 그와 그녀만 슬퍼하고 기뻐할 권리, 접시까지 핥아먹을 권리, 혼을 낼 권리, 자기들의 널뛰는 기분대로 집 안을 휘젓고 다닐 권리가 있는 거야? 나도 변덕이 있고 슬픔이 있다고. 나도 식욕이 있을 때가 있고 없을 때가 있어. 나도 아무도 없는 데서 호젓하게 몽상에 젖고 싶은 때가 있다고…

(주의 깊고 성실한 자세로) 네 말 듣고는 있는데 잘 따라가진 못하겠어. 네가 하는 말은 어려워. 내가 이해하기는 좀 힘든 것 같아. 그런데 놀랍긴 하다. 그들이 너의 변덕스러운 기분을 허구한 날 거스른다고? 네가 야옹 하고 울면 그들이 문을 열어줘. 네가 종이 위에 드러누우면, 그가 펜으로 긁어대는 신성한 종이에 말이야, 그는 이미 망친 그 종이를 너에게 내어주고 자기가 비켜. 얼마나 놀라운 일이야? 네가 콧등을 찡그리고 꼬리를 진자처럼 홱홱 흔들면서 뭔가 장난칠 게 없나 싶어 어슬렁거릴 때 그녀는 너를 지켜보면서 웃고 그는 '한바탕 뒤엎기 산책'이 시작되나 보다, 라고 말해. 그런데 뭐? 네가 그런 불평을 한다고?

(마음에 없는 말을 하듯) 난 불평하지 않았어. 그리고 너는 죽었다 깨어나도 이 섬세하고 미묘한 심리를 몰라.

너무 빨리 말하지 마. 이해하는 데 시간이 걸린단 말이야⋯ 내가 보기에⋯

(비웃으면서) 어머, 서두르지 마. 소화 안 될라.

(빈정대는 것도 모른 채) 그래, 네 말이 맞아. 오늘은 내 생각을 표현하기가 힘들어. 그런데 말이지, 내가 보기에 우리 둘 중에서 귀여움받는 건 너야. 그런데 불평하는 것도 언제나 너야.

개의 논리로는 그렇구나! 나는 받으면 받을수록 더 많은 것을 요구하지.

그건 나빠! 분별없는 짓이라고.

아니, 그렇지 않아. 나는 모든 것에 권리가 있거든.

24

모든 것에? 그럼, 나는?

넌 어차피 부족한 게 없잖아?

부족한 게 없다고? 잘 모르겠어. 진짜 행복할 때는 울고 싶어서 옆구리가 찌르르하고 눈앞이 흐려져… 가슴이 미어진다고 할까. 불안할 때는 확인하고 싶어져, 모두가 나를 사랑하는지, 닫힌 문 너머에 슬픔에 빠진 개가 세상 어디에도 없는지, 무슨 나쁜 일이 닥치지는 않을지…

25

(조롱하며) 그러다가 나쁜 일이 생기면?

아! 네가 그걸 몰라서 묻냐! 그녀가 공포의 노란색 약병을 들고 나타나는 이 시간은 피할 수 없어… 알잖아… 아주까리기름! 사악하고 매정한 그녀가 힘센 무릎으로 날 꼼짝 못 하게 잡아놓고 내 입을 억지로 벌리지.

입을 꽉 다물어버리면 되잖아.

혹시 다치게 할까 봐 겁나서 그러지… 끈끈하고 맛없는 액체가 공포에 질린 혓바닥에 기어이 와 닿고 말아. 숨이 막혀, 캑캑거리게 돼. 나는 낯짝이 부풀어 오르고 다 죽어가. 그런데도 그 고문이 끝나려면 멀었어… 너도 내가 그러고 나면 얼마나 우울해하는지 알잖아. 고개를 축 늘어뜨리고 뱃속이 꿀렁대는 기분 나쁜 소리를 들으면서 창피한 나머지 정원에 숨으러 가는 꼴 봤잖아.

잘 숨지도 못하면서!

시간이 없어서 그런 거야.

내가 어렸을 때, 그녀는 나한테도 그놈의 기름으로 장세척을 하려고
했어. 두 번 다시 시도도 못 하게 내가 발톱으로 할퀴고 물어뜯었기
에 망정이지. 그녀는 자기가 무릎 사이에 붙잡아놓은 게 악마인가
싶었을걸. 나는 데굴데굴 구르고, 콧구멍으로 불을 뿜고, 스무 개의
발톱을 백 배로 늘리고, 이빨은 천 배로 늘렸지. 그러고서 마법처럼
도망친 거야.

난 감히 그럴 수 없어. 알잖아, 난 그녀를 좋아한단 말이야. 목욕 고문도 용서할 수 있을 만큼 좋아한다고.

(흥미롭다는 듯이) 그래? 네 기분을 말해 봐. 나는 그녀가 너를 물통에 담그는 것만 봐도 소름이 쫙 끼치는데.

어쩌겠어! …그럼 들어봐, 나도 불평 좀 해볼게. 이따금, 그녀가 아연 물통에서 맨몸으로 나올 때, 내가 핥으면서 우러러 마지않는 그 매끈하고 부드러운 가죽 위에 곧장 속옷이나 다른 천을 걸치지 않는단 말이야. 그녀는 더운물을 더 붓고 역청 냄새 나는 갈색 벽돌 같은 것을 집어넣은 후 나를 부르지. "토비!" 그거면 내 혼이 달아나기엔 이미 충분해. 다리가 후들거려. 물 위에서 반짝이며 춤추는 무엇인가가 내 눈을 멀게 해. 뒤틀린 창문 모양의… 그녀는 힘없는 내 몸뚱이를 붙잡고 물에 담그는 거야… 오, 하느님! 그다음부터는 아무것도 모르겠어… 내 희망은 오직 그녀에게 달려 있어. 숨 막히는 미지근함이 내 살갗 위에 또 다른 살갗처럼 머무는 내내, 내 눈은 그녀의 눈에 고정되어 있지. 역청 냄새 나는 벽돌은 이제 거품으로 뒤덮여 있어. 그 물이 눈이나 코에 들어가면 엄청 따가워. 내 귀는 조난자 신세야… 그녀는 아주 신났어. 숨을 거칠고 빠르게 쉬고, 낄낄대면서 웃어… 마침내 구조의 시간이야. 목덜미를 잡고 건져주면, 발을 버둥거리면서 살려달라 애원하지. 꺼칠꺼칠한 수건, 지칠 대로 지친 나는 거기서 비로소 회복의 낌새를 느끼지…

(진심으로 마음이 움직인 듯) 진정해.

아니! 얘기가 저절로 막 나오는걸… 하지만 나의 불행에 비웃음 반 호기심 반인 너도 언젠가 스펀지로 무장한 그녀에게 붙잡힌 채 목욕대 위에서 바들바들 떨었잖아…

(매우 불편한 기색으로 꼬리를 내리치며) 고릿적 얘기를 하고 있어! 반바지처럼 자란 엉덩이와 뒷다리 털이 더러워졌었지. 그녀는 그걸 씻어주려 했고. 나는 스펀지 문지르기가 나에겐 악독한 고문과 마찬가지라는 걸 그녀에게 이해시켰어.

거짓말하고 있네! 그녀가 널 믿던?

음… 늘 그렇진 않았지. 그건 내 잘못이야. 나는 드러누워 순진한 배를 내놓았지. 마치 제물로 바쳐진 어린양처럼 겁에 질렸지만 용서하는 눈을 하고서 말이야. 반바지처럼 자란 털 사이로 뭔가 차가운 느낌만 났어! 그다음은 아무것도 느낄 수 없었지. 공포에 질린 나머지 감각이 마비됐는가 했어… 나의 울부짖음이 리듬을 타고 높아졌다가 낮아졌다가 다시 거센 파도 소리처럼 높아졌어. 너도 내가 한 목소리 하는 거 알잖아! 나는 음메음메 우는 송아지, 채찍질당하는 아이, 발정 난 암고양이, 문 밑으로 파고드는 바람을 흉내 냈고 점점 나 자신의 노래에 취했지… 오죽했으면 그녀도 차가운 물로 나를 능욕하기를 멈추었을까. 그런데도 나는 계속 천장만 바라보면서 죽는 소리를 했지. 그녀는 날 보고 눈치도 없이 킬킬대면서 이렇게 외쳤어. "넌 여자처럼 거짓으로 연기를 잘하는구나!"

(확실하다는 듯이) 그거 정말 짜증 나지.

그날 오후 내내 그녀에게 화가 났어.

아! 삐치는 걸로는 또 네가 한 삐침 하지. 난 절대 못 해. 억울한 일을 당해도 금세 잊어버린단 말이야.

(웃음기도 없이 빈정대면서) 너는 자기를 때리는 손도 쪽쪽 핥는 걸로 유명하지!

(곧이곧대로) 나는 나를 때리는 손도… 응, 네 말이 맞아. 네 표현이 정

말 딱 맞아.

내가 만든 표현이 아니야. 위엄은 널 짓누르지 못해. 그렇고말고! 널 생각하면 난 부끄러울 때가 많아. 너는 모두를 좋아하고, 온갖 박대를 엉덩이 한 번 꿈쩍하지 않고 받아들이지. 네 마음은 누구나 드나드는 공원처럼 고만고만하게 살갑단 말이야.

그렇게 생각한다면 오산이야, 하여간 버릇없기는. 넌 네가 뭐든지 아는 것처럼 착각하고 있는데, 난 예의를 표하는 것뿐이야. 솔직히 넌 내가 그나 그녀의 친구들에게 으르렁댔으면 좋겠지? 내 이름을 알고 악의 없이 내 귀를 잡아당기는 그 멋쟁이 친구들 말이야(나는 그 사람들 이름을 모르는데 그들은 내 이름을 아는 경우가 어디 한두 번이라야지).

난 처음 보는 얼굴들이 싫어.

네가 뭐라고 지껄이든 나도 싫은 건 마찬가지야. 나는… 그녀와 그를 좋아하는 거야.

난 말이지, 그와… 그녀를 좋아해.

아! 네가 그를 더 좋아한다는 건 진즉에 알아차렸어. 너와 그는 뭔가 은밀하게 마음이 통하는 것 같은…

(수수께끼 같은 미소를 지으면서 생각에 잠기듯) 마음이 통한다… 맞아, 은밀하고도 조심스럽게, 깊이 마음이 통하지. 그는 말이 별로 없고 허구한 날 종이를 직직 소리 나게 긁어대기만 해. 나는 그에게 나의 인색한 마음, 고양이의 귀하디귀한 마음을 주었어. 그도 말은 없지만 자기 마음을 나에게 주었고. 그렇게 마음을 주고받았기 때문에 나는 행복하고 신중한 고양이가 되었지. 이따금 변덕스럽고 지배적인 그놈의 본능이 여자들을 우리의 연적으로 바라보게 할 때, 나는 그에게 내 권력을 행사하려 들지. 우리끼리 있을 때, 내가 악마처럼 귀를 앞쪽으로 곤두세우면 그건 이제 곧 그가 긁어대는 종이 위로 튀어 오를 거라는 예고야! 흩어져 있는 펜들과 편지들 사이에서 탁, 탁, 탁 울리는 발소리는 그를 향한 것이지! 자유를 요구하는 집요한 야옹야옹 울음소리도 그를 향한 것이고. 그러면 그는 웃으면서 "문고리에 바치는 찬가"라느니 "격리된 고양이의 탄식"이라고 하지. 하지만 나의 영감을 주는 부드러운 눈빛도 오직 그를 향한 거야. 나는 그가 책상 위에 숙이고 있는 고개를 지그시 바라보며 그가 기어이 눈을 들어 나와 시선을 마주치기를 애타게 기다리지. 그리고 마침내 눈이 마주치는 순간, 충분히 예상했음에도 너무나 감미로운 영혼과 영혼의 부딪힘에 나는 황홀한 부끄러움을 못 이겨 눈을 감아… 반면에 그녀는… 너무 부산스러워. 나를 자주 밀치고, 앞발은 앞발끼리 뒷발은

뒷발끼리 모아서 붙잡고 허공에 번쩍 들어 올리질 않나, 짜증 나게 나를 만지작거리질 않나, 날 보고 큰 소리로 웃고, 내 울음소리를 환장하게 흉내 내기까지……

(분개하며) 너 참 까다롭다. 분명히 나도 그를 좋아해. 좋은 사람이지. 내가 잘못을 해도 혼내지 않으려고 못 본 척하는 사람인걸. 하지만 그녀와는 비교가 안 돼! 나한테는 세상에서 가장 아름답고, 가장 소중하고, 가장 이해할 수 없는 것이 그녀인걸. 그녀의 걸음걸이는 나를 매혹하고, 그녀의 변화무쌍한 눈빛이 나를 행복하게도 하고 슬프게도 하지. 그녀는 운명의 여신과도 같아. 결코 망설이는 법이 없지! 손으로 괴롭힐 때조차도… 그녀가 날 어떻게 못살게 구는지 알지?

인정사정없지.

인정사정없다기보다는 차라리 섬세하다고 해야지. 난 뭐가 어떻게 될지 예측도 못 하겠어. 오늘 아침에 그녀는 나에게 말을 걸 것처럼 고개를 숙이더니 자기가 "작은 코끼리 귀"라고 부르는 내 귀 한쪽을 들어 올리더라고. 그러고는 대뜸 날카롭게 소리를 지르는 거야. 그 소리가 그대로 귀를 통과해 내 뇌 깊은 곳까지 박혀버렸어…

끔찍해라!

그게 옳은 일이었을까, 아니었을까? 난 지금도 잘 모르겠어. 어쨌든 그러고 나니 초조해 미칠 것 같은 기분이 몰아쳤다가 물러났다가 하는데… 그녀는 거의 매일 자기 기분대로 나에게 '물고기'를 시키곤 하지. 나를 자기 품에 안고 갈비뼈를 숨도 못 쉬게 눌러서 내 입이 물 밖에 나와 뻐끔거리는 잉어 입처럼 벌어지게 만든단 말이야.

정말 그녀다운 짓이야.

그러다 갑자기 자유로운 느낌이 들지. 내가 아직 살아 있음을 깨달아. 그녀의 의지라는 기적으로 살아 있는 거야! 그러면 삶이 얼마나 아름다워 보이는지! 그녀가 늘어뜨리고 있는 손, 그녀의 치맛단을 물고 빨면서 얼마나 행복한지!

(경멸하듯) 좋기도 하겠다!

좋은 일이든 나쁜 일이든 모두 그녀에게서 내게로 와… 그녀는 나의 날카로운 고통이자 유일하게 확실한 피난처야. 내가 겁에 질려 미칠 것 같은 심정으로 그녀에게 달려갈 때 그녀의 품이 얼마나 포근하고 내 이마에 닿는 그녀의 머리칼이 얼마나 상쾌한지! 나는 그녀의 "까만 아이", 그녀의 "멍멍이 토비", 그녀의 "귀여운 사랑"이라고… 그녀는 나를 안심시키려고 일부러 바닥에 앉아 몸을 작게 만들고 드러눕지. 건초 냄새와 동물 냄새가 기분 좋게 풍기는 머리카락을 뒤로 넘긴 채 그녀의 얼굴을 내 얼굴 아래 바짝 갖다 댈 때면 난 정신을 못 차리겠어! 무슨 수로 저항을 하겠어? 나는 열정이 넘쳐서 긴장된 콧잔등을 그녀에게 들이밀지. 뒤지고, 찾고, 살짝 구부러진 장밋빛 귓불을 깨물기도 해. 아, 그녀의 귀! 그러다 그녀는 간지럼을 못 이겨 비명을 지르지. "토비! 그만! 너무해! 구해 줘, 이 개가 날 잡아먹네!"

건강한 즐거움이야, 우악스럽긴 하지만 단순한 즐거움… 그러고 나서 너는 요리사에게 잘 보이려고 주방으로 가버리지.

너는 농장의 암고양이 비위를 맞추러 가고.

(퉁명스럽게) 됐어, 거기까지 해. 그건 나와… 그 암고양이만의 문제야.

어여쁜 애인이지! 부끄러운 줄 알아야 해, 생후 7개월밖에 안 된 고양이잖아!

(흥분해서) 풋과일, 야생의 열매를 네가 알아? 아무도 그녀를 내게서 앗아갈 수 없어. 그녀는 콩 줄기처럼 낭창낭창하고…

(옆으로 고개를 돌리고) 늙다리 파렴치한!

…긴 다리로 균형을 잡고 처녀들의 불확실한 걸음으로 나아가는 그 늘씬한 자태란. 그녀는 밭에서 들쥐, 뾰족뒤쥐, 심지어 자고새까지 쫓는 일을 해. 그렇게 힘들게 일하다 보니 어린 근육이 탄탄해졌고 아이 같은 얼굴도 조금 그을렸어.

그 고양이는 못생겼어.

못생기지 않았어! 특이하게 생겼지. 염소 낯짝에 콧구멍은 분홍색이고 당나귀처럼 생긴 귀는 시골 아낙네의 머리쓰개 비슷하게 생겼어. 오래된 금색 눈은 양옆으로 붙어 있고 눈빛이 예리하지만 사팔뜨기처럼 보일 때가 많아… 그녀는 무슨 마음으로 나를 피하는 걸까? 자신의 수줍음을 두려움으로 착각하고 있어! 나는 관심 없는 것처럼 천천히 지나가. 내 몸을 감싸고 있는 화려한 털이 그녀를 놀라게 하지… 그녀는 돌아올 거야! 상사병에 걸린 새끼고양이는 내 발치로 돌아와 모든 제약을 내던지고 내 몸뚱이 아래서 하얀 스카프처럼 제 몸을 둥그렇게 말 거야!

그래, 그랬으면 좋겠다. 알다시피, 나는 사랑에 관한 일이라면 비교적 무심한 편이잖아. 신체 단련… 집 지키기 임무… 그렇고 그런 사랑 놀이 같은 건 거의 생각도 안 나.

(옆으로 고개를 돌리고) 사랑 놀이! 세일즈맨 같은 소리 하고 있네!

(진심으로) 솔직하게 말하자면… 내가 작다는 거 알잖아… 이런 불운이 있을까 싶지만 실제로 내 주위에는 아주 덩치가 크고 젊은 암캐들밖에 없어. 농장에서 키우는 노란 눈의 괴팍한 잡종 대형견은 다른 개들을 받아주듯… 나도 받아주겠지. 아, 음탕해! 그래도… 냄새나는 좋은 개야. 뭔가 지치고 너절한 매력이 있어. 순한 늑대처럼 굶주린 눈빛 하며… 안타까워! 난 너무 작아. 이웃 중에 알프스처럼 키가 크고 온화한 그레이트데인이 있어. 양치기 개도 있는데 그 개는 본업이 있으니 시간이 없고. 신경질적인 포인터도 있는데 갑자기

달려들어 물긴 하지만 그 야성적인 눈빛은 화끈한 관계를 보장한다고 봐야지… 젠장, 젠장! 그만 생각하는 게 좋겠어. 너무 피곤해. 과로를 했는데 만족은 얻지도 못하고, 밤새 열과 싸우고… 됐다고. 나는… 그녀와 그를 헌신적으로 사랑해. 이 갸륵한 열정이 나를 그들에게 나아가도록 고양하지. 게다가 그것만으로도 내 시간과 마음을 채우기에 충분해. 낮잠 시간도 다 갔다, 고양아. 너는 멸시하기를 좋아하지만 그래도 내가 사랑하고 나를 사랑해 주는 친구지. 딴 데 쳐다보지 마! 너의 독특한 수줍음이 감추고 싶어 하는 것, 너는 그걸 약한 모습이라 부르지만 나는 사랑이라고 불러. 내가 뭐 눈도 없는 줄 알아? 내가 그녀와 함께 집으로 돌아올 때, 유리창 너머로 너의 세모난 얼굴이 나를 발견하고 환해지며 미소 짓는 걸 한두 번 본 줄 알아? 문이 열리는 시간 동안, 너는 이미 고양이의 가면을 다시 쓰고 있지. 옆으로 긴 눈을 한 어여쁜 일본 가면 말이야… 아니라고 할 수 있어?

(듣지 않기로 작정한 듯) 낮잠 시간도 다 갔어. 배나무의 고깔 모양 그림자가 자갈길에 길게 드리웠어. 우리의 잠은 말이 되어 달아났어. 너는 귀찮은 파리도, 불안한 위장도, 들판 위에 떠돌며 춤추는 더위도 잊었지. 아름답고 무더운 하루가 날아가. 벌써 공기가 달라졌어. 몸통으로 맑은 눈물을 흘리는 소나무의 향기가 우리에게 날아오고 있잖아…

그녀가 왔어. 밀짚 의자에서 일어나 우아한 팔로 기지개를 켜잖아. 옷자락이 살랑대는 걸 보니 산책의 희망이 보여. 장미 나무 뒤쪽 보여? 그녀가 손톱으로 레몬 잎을 따서 짓이기고 향기를 맡잖아… 나는 그녀의 것이야. 눈을 감아도 그녀의 존재를 느낄 수 있어.

그녀가 보여. 그녀는 평온하고 다정해… 지금 당장은 말이야. 그가 종이를 놓아두고 그녀를 바로 따라갈 거라는 걸 알아. 그는 나가면서 "당신, 어디 있어?"라고 부를 거야. 그러고는 벤치에 앉아 지친 몸을 쉬겠지. 그를 위해서 나는 조신하게 일어나 그의 바지에 대고 내 발톱을 손질하러 갈 테야. 이심전심으로, 말없이 행복하게, 저물어가는 하루에 우리는 귀를 기울일 거야. 보리수 냄새가 달콤하다 못해 역해질 때, 그때 엿보기 좋아하는 나의 검은 눈이 휘둥그레지면서 공중에서 신비한 징조를 읽어낼 거야… 저기 뾰족한 산봉우리 너머, 잠잠한 불이 나중에 일어날 거야. 청회색 밤하늘에 빛나는 장밋빛 원이 떠오를 거야. 빛나는 솜뭉치에서 칼날 같은 초승달이 눈부시게 솟아나 구름을 가르며 떠다닐 테지… 그러고 나면 잠자러 갈 시간이야. 그가 나를 자기 어깨에 올리고, (지금은 짝짓기 철이 아니니) 나는 그의 침대에서 잠이 들겠지. 언제나 나의 휴식에 마음 쓰는 그의 부드러운 발에 기댄 채로. 새벽은 오돌오돌 떨고 있지만 원기를 되찾은 모습의 나를 발견하게 될 거야. 나는 이슬로 피운 향의 은빛 연기에 휩싸인 채 태양을 바라보고 앉아 있을 거야. 오래전 나의 진짜 정체였던 신과도 흡사한 모습으로.

여 행

일등석 객실 안, 얌전 빼는 야옹이 키키와 멍멍이 토비, 그녀와 그가 앉아 있다. 열차는 머나먼 산골을 향해, 자유로운 여름을 향해 가는 중이다. 목줄을 한 토비가 코를 창에 대고 부산스럽게 움직인다. 키키는 뚜껑 달린 바구니에 들어가 있기 때문에 보이지 않는다. 고양이는 그의 직접적인 보호를 받고 있으며 아무 말도 없다. 그는 이미 스무 종이나 되는 신문을 여기저기 늘어놓았다. 그녀는 먼지투성이 시트에 머리를 기댄 채 꿈을 꾸는 중이다. 그녀의 생각은 그녀가 가장 좋아하는 산과 그 산의 포도나무와 미국 능소화 아래 자리 잡은 야트막한 집으로 날아가고 있다…

이 탈것은 정말 빠르네! 마부가 평소 우리 마차를 모는 그 사람은 아닐 거야. 말들은 안 보이지만 냄새가 고약하고 검은 연기를 내뿜는군. 아, 너는 말없이 꿈꾸느라 나를 보지도 않네. 곧 도착할까?

대답은 없다. 멍멍이 토비가 골이 나서 코로 씩씩 소리를 낸다.

쉿!

내가 무슨 말을 했다고. 우리 이제 곧 도착해?

멍멍이 토비가 신문을 읽고 있는 그를 향해 고개를 돌리고는 그의 무릎 가장자리에 조심스레 한 발을 얹는다.

쉿!

(체념한 듯) 운도 지지리 없지. 아무도 내가 말하는 걸 원치 않아. 난 좀 지겨운데, 그리고 나는 이 탈것을 잘 몰라.

피곤하다, 피곤해. 아침 댓바람부터 깨워서는 말이야, 게다가 기분전환 한다고 온 집안을 싸돌아다녔더니 피곤해. 사람들이 안락의자마다 시트를 덮고, 등잔들을 전부 싸고, 양탄자를 돌돌 말아 정리했지. 모든 것이 흰색이고, 바뀌고, 불안을 자아냈어. 불길한 장뇌 냄새가 진동했지. 안락의자 밑에 들어갈 때마다 재채기가 나고 눈물이 고였어. 하녀들의 흰색 앞치마를 서둘러 따라가느라 양탄자가 치워진 맨바닥에서 미끄러졌지. 그도 그럴 것이, 하녀들이 사방에 널린 트렁크 주위로 부산스럽게 오갔거든. 그들이 어찌나 열심히 일하는지 그 모습만 봐도 뭔가 특별한 일이 일어나겠구나 싶었어…

그러다 마지막 순간, 그녀가 나타나자마자 소리를 지른 거야. "토비 목걸이! 그리고 고양이 바구니! 고양이를 얼른 바구니에 집어넣어!" 그녀의 말이 떨어지기가 무섭게… 내 친구는 자취를 감추었어. 그건 뭐라 설명할 수 없는 일이었지. 그는 보기에도 무서운 얼굴로 벼락을 맞을 거라고 고함치면서 지팡이로 마룻바닥을 내리쳤어. 자신의 키키가 도망가 버려서 화가 머리끝까지 났던 거야. 그녀는 때로는 애원하듯, 때로는 협박하듯이 "키키!"를 외쳤어. 하녀 두 명이 고양이를 꾀어낼 요량으로 빈 접시와 정육점에서 고기 싸는 노란 종이를 가지고 나왔어… 나는 내 동무 고양이가 이 세상을 떠났다고 굳게 믿었건만! 갑자기 키키가 모두의 눈앞에 다시 나타났어. 책장 가장 높은 곳에 서서 초록 눈으로 우리를 멸시하듯 내려다보고 있었던 거야. 그녀가 팔을 번쩍 들었어. "키키! 당장 내려와! 너 때문에 열차 놓치겠다!" 고양이는 내려올 기미가 보이지 않았어. 나는 그렇게 높은 데서 버티고 서 있는 녀석을 바닥에서 올려다보기만 했는데도 어질어질하더라고.

고양이는 복종할 수 없다는 뜻을 표현하기 위해 야옹야옹 날카롭게 울면서 발을 구르기도 하고 제자리에서 빙그르르 돌기도 했어. 그는 "맙소사, 저러다 떨어지겠어!"라는 말을 몇 번이나 되풀이하고 미치기 일보 직전이었지.

하지만 그녀는 그럴 리 없다는 듯 미소 지으면서 나갔다가 채찍을 들고 돌아왔지… 채찍이 소리를 냈어, "찰싹!" 단 두 번 그 소리가 났을 뿐인데 나는 기적이 일어난 줄 알았지 뭐야. 고양이가 우리가 장난감으로 쓰는 양모 실뭉치보다 더 부드럽고 탄력 있게 그 높은 데서 마룻바닥으로 뛰어내린 거야. 내가 그랬으면 어디 한 군데 부러졌을 텐데.

그 후로 고양이는 바구니에 들어가 있지… (멍멍이 토비가 바구니로 다가간다.) 바구니 뚜껑에 작은 구멍이 있어… 보인다. 수염 가닥이 흰색 바늘 같아… 와! 눈이 굉장해! 좀 물러나자, 나 약간 무서워. 고양이를 완전히 가둬놓을 수는 없어… 틀림없이 괴로워하고 있을 거야. 어쩌면 살살 말을 걸어보는 편이… (토비가 아주 점잖게 키키를 부른다.) 고양아!

(야수가 캑캑거리는 소리) <u>크르르…</u>

(한 발 물러서면서) 오! 네가 상스러운 말을 하다니. 얼굴이 말이 아니네. 어디 아파?

꺼져. 난 고통받는 순교자야. 당장 꺼지지 않으면 너에게 불을 뿜어 버릴 거야!

(맹하게) 왜?

너는 자유로운데 나는 이 바구니에 갇혀 있으니까. 그리고 이 바구니는 악취 나고 심하게 흔들리는 차 안에 있으니까. 그런데도 저 둘은 평안하기만 하니 더 열받아.

내가 밖을 내다보고 올까? 이 차의 문을 통해 무엇을 볼 수 있는지 얘기해 줄까?

이러나저러나 가증스럽기는 마찬가지야.

(밖을 보고 돌아와서는) 아무것도 안 보이더라.

어쨌든, 고마워.

뭔가 수월하게 설명할 만한 건 아무것도 안 보였어. 초록색이 우리
한테 바짝 붙어 지나갔는데 너무 가까이서 빠르게 지나가니까 눈
에 따귀가 날아오는 것 같더라. 평평한 들판이 빙글빙글 돌고 저 멀
리 뾰족한 종탑이… 마차처럼 빠르게 달리고 있었어. 토끼풀꽃이 붉
은색으로 만발한 또 다른 들판이 이제 막 내 눈에 붉은 따귀를 날
렸어… 땅이 가라앉고 있어. 아니, 우리가 떠오르고 있는 건가. 뭐가
뭔지 잘 모르겠어. 저 아래, 아주 멀리, 초록 불탑에 별처럼 흩어진
하얀 데이지꽃들이 보여… 아니, 꽃이 아니라 젖소들인가.

실링 왁스나 뭐 다른 것이었을지도.

재미없어?

(음산한 웃음소리) 하! 지옥에 떨어진 신세인데 뭐 그런…

뭐라고?

(점점 신파 조로, 확신 없이) 지옥의 펄펄 끓는 기름 가마에 빠진 신세인데 뭔들 재미가 있을까! 하지만 내가 당하는 고초는 정신적인 거야. 감금, 모욕, 어둠, 망각, 심한 흔들림을 동시에 감내하고 있지.

열차가 멈춘다. 플랫폼에 역무원이 서 있다. "아우아, 아우아우아, 에우오… 우앵!"

(기겁하며) 소리를 지른다! 큰일이 났나 봐! 뛰자!

멍멍이 토비가 굳게 닫힌 문으로 달려들어 마구 긁어대지만 헛수고다.

(졸음에 취한 듯) 나의 귀여운 토비가 소란을 피우는구나.

(겁에 질려) 왜 이리 속 편하게 앉아만 있는 거야? 아, 정말이지 이해

할 수 없는 사람! 저 소리가 안 들려? 소리가 작아지고 있네… 불행이 저만치 물러났어. 이럴 줄 알았다면…

열차가 다시 출발한다.

(신문에서 눈을 떼며) 배가 고플 것 같은데.

(이제는 완전히 깨어서) 그럴까? 음, 나도 배고파. 하지만 토비는 거의 안 먹을걸.

(걱정스러운 듯) 키키는?

(독단적인 태도로) 키키는 삐쳤어. 오늘 아침에 숨었잖아. 키키는 더 안 먹을걸.

아무 소리도 내질 않네. 키키가 아픈 건 아니겠지?

아니야. 하지만 골이 났겠지.

(자기 얘기가 나오자) 냐아아옹!

(서둘러 다정하게) 이리 와, 나의 아름다운 키키, 나의 죄수님, 이리 오세요. 쇠고기 냉육과 닭가슴살을 드셔야지.

그가 바구니를 열자 얌전 빼는 야옹이 키키가 뱀처럼 위쪽이 납작하게 눌린 머리를 내민다. 그다음에는 호랑이 같은 몸뚱이가 바구니 밖으로 조심스레 나오는데 몸이 어찌나 기다란지 몇 미터라도 계속 나올 것만 같다.

(반색하며) 아, 왔구나, 고양아! 자, 이제 자유를 선언해!

얌전 빼는 야옹이 키키는 대꾸하지 않고 헝클어진 제 몸의 털을 혀로 핥아 매만진다.

자유를 선언하라니까! 원래 그렇게 하는 거야. 문이 열릴 때마다 우리는 달리고, 펄쩍 도약을 해서 반 바퀴 회전하고, 크게 외쳐야 해.

우리? 우리가 누군데?

우리 개들은 그래.

(위엄 있게 앉으면서) 나도 짖어야 한다는 거야? 우리가 언제부터 같은 관습을 따랐지? 내가 알기론 아닌데?

(심기가 상해서) 난 강요한 적 없어. 네가 보기엔 이 탈것이 어때?

(집요하게 냄새를 맡는다.) 흉측해. 그렇지만 이 좌석 시트는 발톱 다듬기에 괜찮은 것 같아.

그러고는 실제로 시트에 대고 발톱을 문지르기 시작한다.

(옆으로 고개를 돌리고) 내가 저렇게 했다가는…

(여전히 발톱을 문질러대면서) 흥! 흥! 이 폭신한 회색 시트가 나의 분노를 누그러뜨리기를! 아침부터 온 우주가 무시무시하게 들고일어나는 군. 그리고 내가 사랑하는 그, 나를 숭배하는 그가 오늘은 내 편을 들어주지 않았어. 나는 치욕스러운 접촉, 죽을 것 같은 덜컹거림, 한

쪽 귀로 들어와 뇌를 꿰뚫고 다른 쪽 귀로 나갈 것처럼 날카로운 경적 소리에 시달렸다고… 홍! 홍! 이렇게 긴장을 풀면서 가벼운 발톱으로 적의 살을 피투성이로 찢어발기는 상상을 하면 얼마나 좋은지… 홍! 발톱을 다듬자, 앞발을 들자! 궁극의 오만불손을 상징하는 앞발을 높이 들어 올리자!

자, 키키, 이제 끝났니?

(너그럽게, 탄복하듯이) 그냥 둬요. 발톱을 다듬고 있잖아.

드디어 내 편을 들어주네. 그를 용서하겠어. 하지만 허락을 받으니까 이제 쿠션을 찢어버리고 싶은 마음이 안 드네… 난 언제 여기서 나갈 수 있지? 겁이 나서 이러는 게 아니야. 그와 그녀, 개가 모두 여기 있어. 매일 보는 얼굴들… 아, 속이 꼬이는 것 같아.

키키가 하품을 한다. 열차가 멈춘다. 역무원이 플랫폼에서 외친다. "아아, 우아, …아우아우아, 우아…"

(기겁하며) 소리를 지른다! 또 무슨 큰일이 났나 봐! 뛰어!

맙소사, 정말 피곤하게 구는 개라니까! 설령 큰일이 일어났대도 그게 무슨 상관인데? 게다가, 난 무슨 일이 일어났을 거라 믿지 않아. 그냥 인간이 내는 큰 소리일 뿐이잖아. 인간들은 그저 자기 목소리를 듣는 재미를 위해서 소리를 지르기도 한다고…

(차분해져서) 나 배고파. 뭐 먹으러 가자. 너 아니면 누구에게 모든 걸 기대하겠니? 이 낯선 고장에서는 시간을 알 수가 없지만 내가 보기엔…

다들 점심 먹읍시다.

그녀가 음식을 꺼낸다. 냅킨을 구기고 금빛 빵을 파삭 부러뜨린다.

(음식을 씹으면서) 그녀가 내게 준 것이 굉장히 맛있긴 한가 봐. 양이 너무 적게 느껴져. 그냥 입에 들어오자마자 녹아버려서 뭘 먹은 기억조차 없네…

(음식을 씹으면서) 닭가슴살이네. 아르르… 음, 맛있다! 나도 모르게 가르랑거리는 소리를 냈네! 그러면 안 되는데 말이야. 저들은 내가 체념하고 이 여행을 받아들인다 생각할 테지… 천천히 먹자, 길들지 말고, 현혹되지 말고, 오로지 죽지 않기 위해서만 먹자…

(동물들을 향하여) 나도 점심 좀 먹자! 나도 차게 식힌 닭고기와 소금에 절인 상추를 좋아한단 말이야…

(걱정스럽게) 이 고양이를 다시 바구니에 집어넣으려면 어떻게 해야 할까?

나도 몰라, 어차피 조금 있으면 알게 되겠지…

벌써 끝이야? 지금 먹은 양의 세 배도 단숨에 집어삼킬 수 있을 것 같은데. 이봐, 고양아, 넌 순교자치고는 제법 잘 먹는다.

(천연덕스럽게 거짓말을 한다.) 슬픔으로 내 속이 텅 비어버렸어. 좀 비켜줘, 이제 좀 자고 싶어… 어떻게든 자려고 해봐야지. 어쩌면 자비로운 꿈이 내가 떠나온 집으로, 그가 나에게 주었던 꽃무늬 쿠션으로 돌아가게 해줄지도 모르잖아… 홈! 스위트 홈! 내 눈에 기쁨을 주었던 색색의 양탄자들! 새순이 돋을 때마다 내가 뜯어먹곤 했던 종려나무 화분! 깊숙한 안락의자 밑에다가는 모직 실뭉치를 나 자신을 위한 깜짝 선물로 숨겨놓곤 했지… 문고리에 끈으로 매달아 놓은 코르크 마개, 자질구레한 장식품들을 늘어놓은 탁자, 거기서 기

분전환 삼아 발을 휘저었다가 크리스털 장식품 몇 개를 깨뜨리기도 했지… 식당은 하나의 사원 같아! 현관은 미스터리로 가득 차 있지. 나는 모습을 숨긴 채 현관을 들어오고 나가는 사람들을 눈여겨보았어. 좁은 계단에 울리는 우유 배달부의 발소리가 나에게는 거룩한 기도 같았지… 안녕! 나의 숙명이 나를 데려가는구나. 누가 알겠어, 혹시라도… 아! 너무나 슬퍼. 내가 말했던 온갖 예쁜 것들이 정말로 내 마음을 약하게 만들어버렸어!

얌전 빼는 야옹이 키키가 꼼꼼하고 애처롭게 몸단장을 하기 시작한다. 열차가 멈춘다. 역무원이 플랫폼에 서 있다. "아아…우앵. 아우아우아…"

소리를 지른다! 큰일이… 아! 됐다, 됐어, 지겨워.

(근심 어린 표정으로) 십 분 후 열차를 갈아타야 해. 고양이를 어떻게 하지? 절대로 순순히 바구니에 들어가지 않을 텐데.

어디 보자고. 바구니에 고깃덩이를 넣어보면 어떨까?

아니면 다정하게 쓰다듬어주면서… (두 사람은 당당한 키키에게 다가가면서 동시에 말하기 시작한다.) 키키, 나의 아름다운 키키, 평소처럼 내 무릎이나 네가 좋아하는 내 어깨 위에 올라오렴. 네가 거기서 꾸벅꾸벅 선잠을 자면 내가 너를 살그머니 이 바구니에 넣어줄게. 그래도 이 바구니는 빛과 공기가 통하는 틈이 있고 폭신한 쿠션을 깔아놓아서 거친 버들가지도 문제 되지 않잖아. 이리 오렴, 나의 예쁜이…

들어봐, 키키, 살다 보면 이해해야 하는 부분이 있는 거야. 네가 이러고 있으면 안 돼. 우린 열차를 갈아탈 거야. 이제 무시무시한 역무원이 나타나서 너와 모든 고양이 족속에게 상처가 되는 말을 할 거야. 게다가 너는 복종하는 게 좋을걸. 그러지 않으면 내가 너의 볼기짝을 때릴 테니까…

하지만 그녀가 신성한 털에 손을 대기도 전에 키키는 일어나 기지개를 켜더니 등을 둥글게 말고 하품을 하면서 장밋빛 입 안을 보여준 다음 열려 있는 바구니를 향해 걸어간다. 그러고는 감탄스러우리만치 침착하고 도도하게 바구니 안에 눕는다. 그와 그녀는 서로 바라보며 의미심장한 표정을 짓는다.

(특유의 임기응변을 발휘하여) 갑자기 오줌이 마렵네.

여행

# 늦은 저녁 식사

시골 저택의 응접실. 여름날이 저무는 무렵. 얌전 빼는 야옹이 키키와 멍멍이 토비는 잠을 자고 있지만 깊이 잠든 것 같지는 않다. 눈꺼풀은 감겨 있지만 귀는 곤두세운 채로. 얌전 빼는 야옹이 키키는 가로로 찢어진 듯한 포도색 눈을 뜨고 흉포한 어린 용처럼 아가리를 벌리고 하품한다.

(거만하게) 너 코 곤다.

(사실은 자고 있지 않았다.) 아니, 코는 네가 골았어.

천만에. 가르랑거리는 소리를 낸 거야.

그게 그거야.

(왈가왈부할 것도 없다는 듯이) 감사하게도! 아니거든! (정적) 나 배고파. 접시 옮기는 소리가 안 들리네? 저녁 식사 시간 아닌가?

(일어나서 앞발을 밖으로 하고 쭉 내밀어본다. 하품을 하고는 끝이 구부러진 모양의 혀를 낼름 내민다.) 난 몰라. 나도 배고파.

그녀는 어디 있지? 웬일로 네가 그녀 치맛자락에 안 매달려 있냐?

(당황하며 발톱을 물어뜯는다.) 정원에서 미라벨 자두를 따고 있는 것 같아.

귀에 막 떨어지는 그 노란색 방울 같은 것들? 뭔지 알아. 그럼, 그녀를 벌써 봤구나. 그녀에게 혼났구나? 안 봐도 훤하다… 이번엔 또 무슨 짓을 했기에?

(거북해하며 성격 좋은 두꺼비 같은 주름진 얼굴을 돌리면서) 나보고 응접실로 돌아가라고 했어. 내가… 내가 미라벨 자두도 먹어버렸거든.

잘했다! 식성도 참 고약하다, 인간들 식성이네.

(분한 마음으로) 야, 나는 그래도 상한 생선은 안 먹거든?

그보다 더 역겨운 것들도 잘만 핥아먹으면서.

내가 뭐! 뭐가 그런데?

있잖아… 길가에 굴러다니는… 에라이!

무슨 말인지 알겠어. 그걸 '지지'라고 하지.

잘못 알고 있는 것 같은데.

아니, 맞아. 내가 흠 하나 없이 근사하게 잘 뭉쳐진 그것을 발견하고 킁킁 냄새를 맡으면 그녀가 양산도 내던지고 후다닥 달려와 소리를 지르지. "지지, 더러운 거야!"

창피하지 않냐?

왜 창피해? 그것들은 예민한 내 코와 맛을 잘 아는 내 혀를 기쁘게 하는 길가의 꽃들과도 같아. 오히려 난 네가 죽은 개구리나 그 풀을 보고 좋다고 발작하는 게 죽었다 깨도 이해가 안 돼. 알잖아, 그…

쥐오줌풀.

그거 맞겠지, 뭐… 아무튼 풀은 속을 비우는 약으로나 쓰는 거야.

난 너처럼 똥에 대한 생각으로 머릿속이 꽉 차 있지 않아. 쥐오줌 풀… 네가 어떻게 이해하겠니… 난 아까 그녀가 역한 냄새를 풍기는 술잔을 깨끗이 비우고는 숨넘어가게 웃어대는 걸 봤어. 내가 쥐오줌풀에 환장하는 거랑 비슷한 거지. 술이 쏟아질 듯 잔에서 튀어오르는 게 심상치 않더라고. 죽은 개구리, 죽은 지 오래되어 개구리 형체의 바싹 마른 가죽처럼 되면 희귀한 사향을 담은 향낭과 다름없지. 그게 바로 내 털에 입히고 싶은 향기인데…

말은 잘한다… 하지만 그러고 나면 너한테서 악취가 난다고 그녀가 혼을 내잖아. 그도 마찬가지고.

그들은 두 발 족속일 뿐이야, 둘 다 마찬가지지. 가엾은 것, 너는 그들을 흉내 내면서 너 자신을 그만큼 낮추고 있어. 두 발 족속처럼 뒷발로만 서질 않나, 비가 오면 외투를 걸치질 않나, 거기에다, 하! 미라벨 자두를 먹고. 그거 뭐냐, 내가 밑에서 지나가는데 나무들이 못된 손으로 떨어뜨리곤 하는 그 초록색 공처럼 생긴…

사과.

그래, 사과인지 뭔지. 그녀는 그것들을 따서 통로에서 너에게 던져 주면서 소리를 지르지. "사과야, 토비, 사과!" 그러면 너는 당장 눈이 튀어나와서는 혀를 쭉 내밀고 미친놈처럼 숨이 차도록 달려가잖아…

(찌푸린 얼굴을 앞발에 기대고) 즐거움이란 각자 자신이 찾을 수 있는 데서 찾는 거야.

(하품을 하느라 날카로운 이빨과 건조한 분홍 벨벳 같은 입천장을 내보인다.) 나 배고 파. 저녁 식사가 확실히 늦네. 네가 먹을 걸 찾으러 가볼래?

감히 어떻게 그래. 그녀가 오지 말라고 했단 말이야. 그녀는 큰 바구 니를 들고 저기, 움푹 들어간 곳에 있어. 이슬이 떨어져 그녀의 발을 적시고 해는 벌써 넘어가고 있지. 하지만 너도 그녀가 어떤지 알잖 아. 그녀는 축축한 바닥에 앉아서 마치 그대로 잠든 것처럼 자기 앞 만 보고 있지. 아니면 아예 배를 깔고 엎드려 휘파람을 불거나 풀밭 의 개미를 따라가. 때로는 백리향을 한 움큼 뜯어서 냄새를 맡아. 혹 은, 깨새와 어치를 불러보지만 그것들이 나타난 적은 한 번도 없어. 그녀는 무거운 물뿌리개를 들고 등줄기가 오싹할 만큼 차가운 수천 가닥의 은빛 실을 장미에 뿌려주고 숲 안쪽에 모아놓은 돌구유에도 채워 넣지. 나는 항상 그 돌구유에서 볼 수 있는 검은 줄무늬 불독 의 면상을 확인하려고 고개를 숙이지만 그녀가 얼른 내 목줄을 잡 아끌어. "토비, 그 물은 새들이 마실 물이야!" 그녀는 주머니칼을 꺼 내서 개암 열매를 까. 개암 열매가 오십 알, 백 알… 그러면서 시간 을 잊어. 그녀는 일에 끝을 두지 않아.

(비웃으며) 그럼 너는 그동안 뭘 하는데?

나는… 그녀를 기다리지!

너도 참 대단하다!

이따금 그녀는 쪼그리고 앉아서 악착같이 땅을 파. 땀을 흘리고 힘들어하면서. 그럼, 나는 그녀가 내게 익숙하고도 유용한 일을 하는 모습을 보는 게 좋아서 주위에서 폴짝폴짝 뛰어다녀.

하지만 그녀는 후각이 약해서 뭘 몰라. 나는 그녀가 땅을 파놓은 자리에서 두더지나 분홍색 발을 한 뾰족뒤쥐 냄새를 맡은 적이 한 번도 없어. 무슨 목적으로 그렇게 땅을 팠는지 설명이 안 되잖아? 그러다 아예 철퍼덕 앉아서 잔뿌리 많은 풀을 뽑아서 흔들어대는 거야. "뽑았다, 뽑았어!" 나는 축축한 바닥에 누워서 몸을 떨어. 아니면 복잡미묘한 냄새를 파악하기 위해 코를 내밀고—그녀는 주둥이라고 부르지만—땅에 문지르지… 서너 가지 냄새가 한데 엮이고 꼬이고 뒤섞여 있을 때, 너는 그걸 하나하나 분석할 수 있어? 하나는 두더지 냄새, 다른 하나는 잽싸게 지나간 토끼 냄새, 그리고 거기 내려앉았던 새의 냄새로 분리할 수 있냐고…

그럼, 할 수 있지. 내 코가 모르는 건 없어. 내 코는 두 눈 사이에 작지만 고르고 넓적하게 자리 잡고 있고, 콧구멍 끝은 섀미가죽처럼 섬세해. 풀잎이 살짝 스치거나 연기의 그림자만 다가와도 내 코는 간지럼을 못 견디고 재채기를 해대지. 내 코는 두더지 냄새와 뒤엉킨… 토끼라고 했나? 하여간 다른 냄새를 구분하는 데 연연하지 않아. 그렇지만 나의 코는 회양목에 남아 있는 암고양이의 자취에 한참 동안 취해 있을 수 있다고. 그녀는 말하지. "너는 코튼벨벳 같은 예쁜 코를 가졌구나." 내 코는 매력적이야. 내가 세상에 눈뜬 이래로 단 하루도 내 코에 대해서 아첨 같지만 진실인 말을 듣지 않고 넘어간 날이 없어. 네 코는… 울퉁불퉁하고 아둔한 코야. 게다가 우스꽝스럽게 부산떠는 꼬락서니 하고는! 내가 말을 하는 지금 이 순간에도…

나 배고파. 접시 소리가 안 들려.

…네 코는 이리저리 꿈틀대면서 그러잖아도 아무렇게나 구겨진 낯짝에 또 다른 주름을 만들고 있어.

그녀는 사랑스러워 못 견디겠다는 듯이 "네모난 낯짝, 주름 잡힌 코"라고 말해 주는걸!

그리고 넌 먹을 것 생각밖에 없지.

남 말 하네, 지금 나에게 투덜대고 불평하면서 시비를 거는 건 너의
텅 빈 위장이거든?

나의 위장은 매력적이지.

뭐야, 아까는 코가 매력적이라더니.

위장도 그래. 그보다 더 맛을 잘 알고 그보다 더 엉뚱하며 그보다 더 튼튼하면서도 섬세한 위장은 없을걸. 가자미 등뼈, 닭의 뼛조각도 거뜬히 소화하지만 조금이라도 맛이 간 고기가 들어왔다 하면 뒤집히지. 정말 말 그대로 속이 뒤집혀.

그래, 말 그대로야. 너의 소화불량은 요란스럽기도 하지.

맞아, 온 집안이 난리가 나잖아. 시작은 토할 것 같은 끔찍한 기분, 거기서부터 나는 크나큰 절망에 사로잡히지. 땅이 내 발밑으로 무너져내릴 것 같은 기분이 든단 말이야. 동공이 확장되는 와중에도 얼른 짠맛 나는 침을 잔뜩 삼키지만 배에서 터지는 비명 소리는 내 의지로 어쩔 수 없어… 그때부터 새끼 낳는 암고양이처럼 내 옆구리가 꿀렁꿀렁 오르락내리락하고…

(역겨워하며) 웬만하면 나머지는 저녁 먹고 이야기하지.

나 배고파. 그는 어디 있는 거야?

자기가 일하는 방에 있지. 종이를 긁고 있어.

그래, 그는 늘 그러고 있지. 그게 놀이인 거야. 두 발 족속은 똑같은 걸 몇 시간이고 붙잡고 잘 놀더라. 나도 종이를 그렇게 섬세하게 긁어보려고 했어. 하지만 오래 붙잡고 놀 만큼 재미있진 않더라고. 오히려 신문을 갈래갈래 찢어발기는 게 재미있지. 그건 좍좍 소리도 나고, 허공에 날아가기도 하잖아. 게다가 그의 책상 위에는 보랏빛 흙탕물이 담긴 작은 단지가 있는데, 그건 냄새 맡을 때마다 소름이 끼친다니까. 예전에 무분별한 호기심이 발동해서 그 단지에 발을 넣어봤지 뭐야. 네가 보고 있는 바로 이 발, 힘세고 귀티 나며 별 쓸모는 없지만 내 품종의 순수성을 보여주는 털이 발가락 사이에 수북한 이 발이 무려 여드레 동안 시퍼런 얼룩을 달고 다녔다고. 게다가 산성 용액에 부식된 강철 냄새 같은 게 어찌나 빠지지도 않고 오래 가던지…

그 단지는 뭐에 쓰는 건데?

그 안에 든 걸 마시겠지, 뭐.

정적.

그녀는 왜 안 오는 거야. 내가 일전에 파리에서 그랬던 것처럼 길을 잃은 게 아니고서야!

배고파.

나도 배고파. 오늘 저녁에는 뭘 먹지?

닭을 보긴 했지. 주방에서 바보같이 꺅꺅 비명을 지르면서 붉은 피를 흘리더라. 고양이 오줌에 맹세컨대, 아니 개 오줌에도 맹세컨대, 그렇게 추잡한 건 본 적이 없어. 그래도 닭은 채찍질은 당하지 않았어, 하지만 에밀리가 본때를 보여주기 위해 불에다 집어넣었지. 나는 피를 약간 핥아먹었는데…

(하품하며) 닭이라… 벌써 입이 달싹거리고 침이 고이네. 그녀가 말하겠지. "뼈다귀! 토비, 여기 뼈다귀 있다!" 그러면 당장 달려들어…

무슨 소리야! 그가 말할 거야. "여기 작은 뼈! 키키, 네 거다!"

(놀라면서) 아니… 그렇지 않아, 자신 있게 말할 수 있어. 그녀는 "여기 뼈다귀 있다!"라고 한다니까.

말은 그녀보다 그가 잘해.

(맹하게) 아, 그래? …새들도 닭이랑 같은 맛이 날까? 너 알아?

(파란 눈동자를 갑자기 번득이며) 아냐… 더 맛있어… 산 채로 먹는 맛이지. 이빨 아래서 새가 꿈틀대다가 통째로 와드득 부러지는 맛도 있고 깃털은 뜨뜻하고 조그만 골은 어찌나 고소한지…

아! 싫다! 너 때문에 토할 것 같아! 작은 동물들이 꿈틀거리면 난 늘 걱정이 돼. 더구나 새들은 순하기만 한데…

(퉁명스럽게) 그렇게 생각하지 마, 새들은 잡아먹힐 때만 순해. 걔들이 얼마나 시끄럽고 제멋대로이고 어리석은데. 장점이라곤 먹을 수 있다는 것뿐이야. 너 두 마리 어치 알아?

잘 몰라.

작은 숲에 사는 어치 두 마리가… 내가 지나갈 때마다 기분 나쁘게 "짹짹" 하고 웃는단 말이야. 내가 목에 방울을 달고 다닌다는 이유로… 내가 아무리 빳빳하게 고개를 세우고 살그머니 발을 옮기려 해봤자 방울이 울리는 걸 어떡해. 그러면 그 밉살스러운 것들은 전나무 위에서 폭소를 터뜨려… 그것들, 언젠가는 내가 꼭 잡고 만다!

키키는 귀를 옆으로 눕히고 등의 털을 물고기 지느러미처럼 세운다.

정말이지, 내가 너를 아는 게 맞나 싶을 때가 있어. 우리는 평온하게 수다를 떨고 있었는데 왜 갑자기 병 닦는 솔처럼 털을 곤두세우는 거야. 둘이서 사부작사부작 놀다가 내가 재미로 네 뒤에서 "왈왈왈" 짖었더니 갑자기 넌 사나운 야수로 돌변했지. 이유를 모르겠어, 어쩌면 내 코가 네 엉덩이를 반바지처럼 뒤덮고 있는 수북한 털에 닿았기 때문일까. 아무튼, 너는 뜨거운 숨을 토해내면서 나를 마치 처음 보는 개 대하듯 했지! 그런 걸 나쁜 성격이라고 하지, 아마?

(눈을 반쯤 감고 비밀스럽게) 아니. 그냥 하나의 성격일 뿐이야. 고양이의 성격. 그렇게 짜증이 날 때면 우리가 처한 굴욕적인 상황이 예민하게 느껴져. 나와 우리 고양이 족속의 신세가 어쩌다 이렇게 됐는지. 흰색 아마포 튜닉을 입은 사제들이 허리를 조아리고 우리에게 말을 걸고 겸손하게 우리의 노래와도 같은 말을 이해하려 애쓰던 그 시절이 기억나.
개야, 알아둬라, 우린 변하지 않았어! 아마 내가 좀 더 나다워지는 날들이 있을 거야. 모든 것이 나를 열받게 할 때, 우악스러운 몸짓, 천박한 웃음소리, 쾅 소리 나며 닫히는 문, 너의 체취, 네가 내 몸을 건드릴 때의 그 뻔뻔한 대담성, 혹은 내 주위를 에워싸고 펄쩍펄쩍 뛸 때…

(고개를 옆으로 돌리고, 참을성 있게) 얘가 또 발작을 하는군.

(몸을 부르르 떨면서) 들었어?

응, 주방 문소리야. 지금 난 건 식당 문소리. 식기 서랍 소리… 드디어, 드디어, 아아! (하품을 한다.) 더는 못 참아. 도대체 그녀는 어디 있는 거야? 자갈길 밟는 소리가 안 나잖아. 이제 곧 밤이 올 텐데.

(빈정대듯) 찾으러 가봐.

그는 또 어떻게 된 거야? 평소 같으면 자기도 걱정하면서 "그녀는 어디 있지?"라고 물어볼 텐데. 그는 종이를 긁어대. 아마 그 단지에 든 보랏빛 흙탕물을 다 마셨을 거야. (앞발부터 천천히 쭉 뻗어보고, 이내 뒷발도 뻗어 기지개를 켠다.) 아! 살아 있는 느낌… 그리고 속이 텅 빈 느낌! 이제 뭘 먹겠지. 문 밑으로 새어 나오는 먹음직스러운 연기를 들이마셔! 즐기자!

싫어.

뛰어가, 내가 너 건드리지 않고 쫓아갈게.

싫어.

왜?

입맛이 없어.

아! 너 진짜 지친다, 지쳐! 봐라, 내가 뛰어오르면서 말처럼 목을 젖히는 모습을, 나의 잘린 꼬리를 잡으려고 제자리에서 돌고, 돌고… 맙소사! 방이 빙글빙글 도네… 아니, 이제 됐다.

참아주기 힘든 놈 같으니!

참아주기 힘든 놈은 너잖아! 조심해라, 그녀가 신이 날 때 "야, 고양아!"라고 소리 지르면서 하는 것처럼 너한테 달려들 테니!

(일어나지도 않고 빙글빙글 도는 토비 앞에 한 발을 들어 보인다. 그 발은 가시 돋친 꽃처럼 아래쪽은 분홍색과 검은색 반점이 있고 발톱이 날카롭게 돋아나 있다.) 감히!

(미친 것처럼) 그래, 내가 감히 하겠다는데, 뭐! 우와아! 우와! 야, 고양아, 야, 고양아!

얌전 빼는 야옹이 키키가 화를 내며 방방 뛰고, 침을 뱉고, 탁자보에 매달린다. 탁자보가 미끄러져 내려오면서 등잔과 자질구레한 장식품들이 떨어진다. 무서운 정적이 흐른다. 개와 고양이는 안락의자 밑에 납작하게 엎드려 벌이 떨어지기를 기다린다.

(깃털 펜을 재갈처럼 입에 문 채 집무실 문간에 서서) 천둥 번개가 쓸고 갔나! 또 무슨 일이야! 이 빌어먹을 동물 녀석들이 사방을 뒤집어놨네! 마님은 어디 있지? 이게 무슨 난장판이야! 하여간 제 시간에 저녁을 먹는 법이 없지… (어쩌고저쩌고, 어쩌고저쩌고.)

그의 불호령이 무해함을 아는 두 죄인은 실내화 두 짝처럼 납작하니 엎드린 채 안락의자의 늘어진 단 사이로 서로 바라보며 소리 죽여 웃는다. 그때 정원 문이 열린다.
그녀가 향기로운 미라벨 자두가 가득 찬 바구니를 들고 나타난다. 손은 과즙으로 찐득거리고 앞머리가 눈을 가릴 정도로 흘러내려와 있다. 그녀는 이 아수라장에 기겁해 그대로 굳어버린다.

오! 이것들이 또 싸웠어! 세상에, 이 못된 짐승들! (진심이 아니면서) 저것들 누구 줘버릴 거야, 팔아버릴 거야, 죽여버릴 거야…

하지만 개와 고양이는 배를 깔고 과장되게 머리를 조아린 채 그녀 앞으로 기어 나와 동시에 말을 하기 시작한다.

부르르… 부르르… 드디어 왔군… 이렇게 늦다니… 토비가 나에게 달려들었어. 쟤가 다 부수고 망가뜨렸다고… 내 생각엔, 배가 고파서 머리가 돌아버렸나 봐. 당신한테서 향긋한 풀과 석양의 냄새가 나네. 백리향을 깔고 앉아 있었나 보군. 이리 와… 와서 당신 남편에게, 그에게 말해 줘. 나를 그의 어깨에 태워서 아마도 너무 많이 익혔을 고기 쪽으로 데려가라고. 당신은 닭고기를 빨리 썰어주겠지? 불에 구운 닭껍질도 나를 위해 남겨주겠지? 뭐, 원한다면 내가 앞발 한쪽을 우묵하게 오므려 내밀어 줄게. 그 앞발은 잘게 부서진 조각들까지 그러모아 입으로 가져갈 줄 알지. 내가 그렇게 인간 같은 몸짓을 하면 당신과 그는 배를 잡고 웃잖아. 얼른 와…

우으으… 우으으… 드디어 왔군! 마침내, 마침내! 당신이 없으니까 지루해 죽을 것 같았다고! 나를 멀리 보내놓고, 더 이상 사랑해 주지도 않고… 등잔은 저절로 떨어진 거야. 어서 와… 나 너무 배고파. 하지만 당신이 날 항상 어디든 데리고 다니기만 한다면 기쁜 마음으로 저녁도 안 먹을 수 있어. 나를 슬프게 하는 석양 속에서도, 나는 당신의 치맛단에 열렬하게 코를 비비고 졸졸 따라다니면서 행복해할 거야…

(마음을 풀고, 더 이상 난장판이 된 응접실에 아랑곳하지 않은 채) 어머, 얘들 좀 봐, 너무 귀여워!

# 병이 난 그녀

시골 저택의 침실. 내려져 있는 블라인드 사이로 가을 햇빛이 비친다. 그녀는 흰색 모직 옷을 입은 채 긴 의자에 기대어 잠든 듯하다. 얌전 빼는 야옹이 키키가 폭이 좁은 서랍장 위에서 몸단장을 하고 있다. 멍멍이 토비는 그녀와 가까운 곳에서 양탄자에 스핑크스 자세로 앉아 발끝으로 살금살금 걸어 나가는 주인의 말에 귀를 기울이고 있다.

(나가면서 목소리를 낮추어 개와 고양이에게) 쉿! 마님을 깨우면 안 된다. 얌전하게들 굴어. 나는 아래층에 글을 쓰러 갈 테니. (조심스레 문을 닫는다.)

(얌전 빼는 야옹이 키키에게) 뭐라는 거야?

나도 몰라. 애매모호한 얘기지. 충고 같은 것. 이를테면 "여기 있어라, 나중에 보자."

분명히 "쉿"이라고 했어. 하지만 난 소리를 내지도 않았는데.

(빈정대면서) 인간들은 놀랍다니까! "시끄럽게 하지 마"라고 말은 하지만 귀 먹은 쥐도 2킬로미터 밖에서 들을 수 있을 정도로 요란하게 발소리를 내고 다니지.

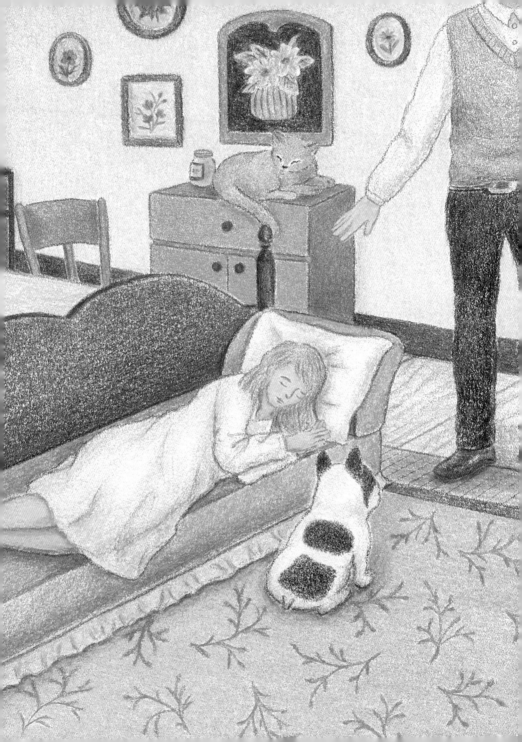

일리가 있는 말이야. (잠든 그녀를 바라보며) 얼굴이 아직도 참 작네. 곤히 잠들어 있어. 너, 그 서랍장에서 내려올 거면 일부러 '탁' 소리를 크게 내지 말아줘.

(불만에 차서) 네가 지금 뛰어내리는 법을 나한테 가르치는 거야? 오, 조언하기 좋아하는 자여! (격언을 인용하는 투로) 불한당을 네 말에 태워 주면 끝내 버리고 내리지 않을 것이다!

뭐라고?

아무것도 아냐. 그냥, 동양의 속담이야. 개야, 내가 만약 이 방의 침묵을 뒤흔들 작정이면 훨씬 더 교묘한 방법을 선택할 거야. 이를테면 다리가 짝짝이인 저 의자에 올라가서 내 몸을 핥으면 내 혀의 리듬대로 의자가 따각, 따각, 따각 소리를 내며 바닥을 찧을 거라고. 그녀는 책을 읽거나 글을 쓸 때 그러면 득달같이 짜증을 내지. "조용히 해, 키키." 나는 악의 없이 내가 내 몸을 핥을 권리를 누리지. 따각, 따각. 그녀는 성질을 내며 벌떡 일어나 나보고 나가라고 문을 열어줘. 그러면 나는 유배당한 사람처럼 느릿느릿 문지방을 넘어가지… 밖에 나가서는 내가 누구보다 우월한 기분에 사로잡혀 키득대지만 말이야.

(듣고 있지 않다가, 하품을 하면서) 서글픈 한 주야, 그렇지? 산책이라는 게 뭐였는지 이제 기억도 안 나. 더구나 그녀가 말에서 떨어진 후로는 뭘 맛있게 먹어본 적이 없어.

맙소사, 사람들을 사랑하면서 자기 위장도 챙길 수 있다니.

(발끈해서) 아니야, 난 그렇지 않아! 그녀가 말에서 떨어지면서 비명을 지를 때 내 심장이 부서지는 줄 알았다고.

그렇게 끝을 볼 수밖에 없는 일이었어. 말을 대체 왜 타는 거야. 말은 타는 게 아니야! 내 주위에선 왜 이리 별난 짓을 못 해 안달인지. 말은 그 자체가 무시무시한 괴물이라고.

(분개하며) 설마!

(독단적으로) 진짜야, 내가 밀착 연구를 해봐서 아는데…

(고개를 옆으로 돌리고) 웃기고 있네.

…농장의 말은 들판의 풀을 뜯어 먹어. 그 움직이는 산 때문에 내가 한 달간 얼마나 골치가 아팠는지. 나는 생울타리 아래 숨어서 놈의 묵직한 발이 땅을 짓이기는 모습을 보았고, 놈의 천박한 냄새를 맡았고, 놈이 끼익끼익 우는 소리가 공기를 뒤흔드는 것을 느꼈어… 말이 일단 생울타리의 아래쪽 잔가지를 먹어 치우자… 놈의 눈동자에 내 몸 전체가 비치더라고. 그래서 잽싸게 도망쳤지! 그날부터 그 괴물을 없애기만 바랄 정도로 나의 미움은 커졌어. 나는 생각했지. '놈에게 다가갈 테다, 놈 앞에서 굳게 버틸 테다, 그러면 놈이 죽기를 바라는 염원이 내 눈에 강하게 비쳐서 어쩌면 내 눈만 보고도 죽어버릴지 몰라…'

(즐거운 듯) 그래?

(이야기를 계속하며) 그래서 그렇게 했어. 나는 바들바들 떨면서 놈을 기다렸지만 놈은 그저 나에게 구역질 나는 푸르스름한 콧김을 세게 내뿜었을 뿐이야. 그리고 나는 극심한 경련을 일으키면서 뒤로 나동그라졌지.

(속으로 배를 잡고 웃으면서) 과장하는 거 아니야?

(진지하게) 아니고말고. 그리고 그녀는 네 개의 줄에 매달린 채 말에 올라타서 한쪽 다리는 이쪽으로, 다른 쪽 다리는 저쪽으로 내려놓잖아… 그런 괴상한 짓을 왜 하는 거야!

고양아, 너와 나는 생각이 달라. 나에게 말은 인간 다음으로 세상에서 가장 아름다운 동물인걸.

(심기가 상해서는) 그럼, 나는?

(화제를 돌리면서, 정중하게) 아, 너는 고양이잖아. 하지만 말은 다르지! 게다가 말을 탄 그녀라니! 그 근사한 조합이 파란 하늘에 우뚝한 모습은, 내가 뇌졸중이라도 온 것처럼 목을 뒤로 젖혀야만 쳐다볼 수 있지! 말은 그녀에게 속도를 더해 줘. 그녀가 마침내 나와 달리기를 겨룰 수 있게 됐으니 나는 앞도 안 보고 무작정 달려. 가끔은 내가 귀를 허공에 날리고 혓바닥을 늘어뜨리면서 그들을 추월하지. 그러다 갑자기 말의 각진 그림자가 내 앞길을 가로막아. 내가 그녀를 따라갈 때면 향기로운 먼지가 나를 감싸지. 뜨뜻한 가죽 냄새, 축축한

짐승의 냄새, 그리고 그녀 특유의 향기도 섞여 있어… 내 발 아래 길은 누군가가 잡아당기는 리본처럼 이어져 있고 똥덩어리들이 여기저기 널려 있지.

오, 힘차게 달리는 커다란 그림자를 따라가는 작고 빠른 존재의 기쁨이여! 달리기를 멈추고 나면 나는 친구의 네 발 아래서 모터처럼 숨을 털털 몰아쉬지. 그러면 친구는 나를 향해 고개를 숙이고 재갈 문 입으로 친근하게 콧방귀를 뿜어대.

병이 난 그녀

어련하겠냐, 어련하겠어.

"고귀한 혈통의 준마들이 산과 골짜기를 넘나드니 편자가 돌에 부딪혀 불꽃이 튀네…"

너는 최후의 낭만주의자로구나.

나는 최후의 낭만주의자가 아니야. 어느 저녁 밤색 암말의 네 다리 사이에서 세상에 태어난 새끼 불독일 뿐이지. 그 암말은 밤새 눕지도 못했어, 혹시나 제 육중한 몸뚱이에 어미 불독과 갓 태어난 새끼들이 깔려 죽기라도 할까 봐 말이야. 새끼 불독은 거의 말의 아이나 다름없어. 똥투성이 짚 더미에서 말의 뜨뜻한 옆구리에 기대어 눕고, 마구간 양동이의 물을 마시고, 말발굽 소리를 들으면서 아침에 일어나고, 마차 세척에 관심을 품었더랬지. 그녀가 나를 찾으러 왔던 그날까지는 그랬어. 그녀가 나를 선택했던 그날까지는. 내가 한 배에서 난 동기 중에서 제일 잘생기고, 제일 코가 넙데데하고, 제일 땅딸막했거든! 그렇게 그녀는 나를 자기 곁에서 살게 해놓고는… (한숨을 쉬며) 이제 누워서 저렇게 꼼짝도 안 하는 걸 봐. 너무나도 슬퍼. 아직도 발목을 붕대로 싸매고 있잖아. 그가 그녀를 들쳐 안고 데려올 때 기억나? 몸이 허공에 번쩍 들려 올라가니 나보다 너무 위에 있더라. 그 모습이 마치 누가 강에 빠뜨려 익사시키기 직전 같았어…

(씁쓸하게) 기억나. 나는 그때 계단 위에 있었는데 이건 또 무슨 소동
인가 싶어 짜증 반 호기심 반이었지. 그가 나 있는 데까지 와서는
나를 한쪽 발로 쓱 밀어내더라. 더도 덜도 아니고 그냥 거치적거리
는 세간살이 밀치듯 그렇게…

병이 난 그녀

…그래서 사흘간 이 방에, 그러니까 그녀의 방에 들어오지 않고 버렸던 거야?

(주저하며) 그 일도 있고… 또 다른 이유도 있어.

뭔데?

열이 났잖아.

(광신도처럼 열을 내며) 그녀는 열이 나도 건강한 인간들보다 좋은 냄새가 나잖아!

(어깨를 으쓱한다.) 이런데도 인간들은 '개코'가 어쩌고저쩌고 떠들어대겠지! 두 발 족속이 유치한 우화들을 근거로 철석같은 믿음을 품는 꼴이란. 너도 알다시피 열이 나는 건…

(소리를 낮추어) 그래, 무서운 일이야.

등줄기가 쭈뼛하고 무슨 냄새를 맡아도 욕지기가 올라오고 사방에 불안이 퍼질 정도로 무서운 일이지. 열이 있는 사람이 방에 있으면 다들 문지방을 넘지 않고 멈춰 서. 그들은 누군가를 찾는 것 같아. 숨어 있는 그 무엇을 두려워하듯… 그녀는 열이 펄펄 끓는 동안 혼자 누워 있었어. 나는 언제라도 도망칠 태세를 갖추고 그녀를 내처 지켜보면서 생각했지. '누가 저 방 커튼 뒤에 숨어 있을까? 누가 그녀를 숨 막히게 짓누르고 괴롭히기에 저렇게 자면서도 끙끙대고 신음하는 걸까?'

(당시를 돌이켜보며 무서워한다.) 하지만 아무도 없었잖아. 그렇지?

그를 제외하면 아무도 없었어. 그는 고개를 숙인 채 잠든 그녀의 숨소리를 듣고 있었지. 지구상의 모든 두 발 족속을 통틀어 가장 똑똑한 그는 보이지 않는 존재를 막연히 느끼고 있었어. 그가 있었고, 열이 있었어. 나는 반감이 치미는 것을 억누르고 그를 주시했어. 질투가 나고 우울했어. 그런 생각이 들더라. '나쁜 마법에 걸려 있는 그녀를 저렇게 바짝 붙어 지켜주고 뽀뽀도 하다니 그녀를 사랑하는 게 틀림없구나! 만약 내가 열이 나면 저렇게 안아줄까…'

(명령 조로) 쉿!

왜 그래?

그녀가 움직였어.

아니야.

(주의 깊게, 그녀를 바라보면서) 아니구나… 그녀의 몸은 움직이지 않았지만 생각이 꿈틀거렸던 거야. 난 느꼈어. 너 하던 얘기나 계속해.

(평정심을 되찾고는) 우리가 무슨 얘길 하고 있었는지 모르겠다.

그야…

(잽싸게) 됐어, 더 얘기하지 말자. 어쨌든, 열은 우리가 명명할 수 없는 것의 시작이야.

(몸서리를 치며) 아, 그래. 나는 움직이지 않는 동물은 뭐가 됐든 좋아하지 않아. 넌 내가 무슨 뜻으로 이런 말을 하는지 알겠지…

(잔인하게 웃으며) 나도 그런 동물은 싫어. 나는 살아 있는 새와 아주 작은 쥐밖에 먹지 않는걸. 비명 지르는 걸 그냥 산 채로 집어삼켜서…

넌 왜 일부러 내가 싫어하는 얘기를 하면서 재미있어하는데? 네가 잔인한 건 사실이지만 그걸 더 과장하면서 허세 떠는 심리는 도무지 이해가 안 돼. 너는 날 보고 최후의 낭만주의자라고 했지, 그럼 난 너를 첫째가는 사디스트라고 부를까?

오, 문학에 중독된 개야, 영원한 오해가 우리 사이를 가로막고 있구나. 네가 "나는 새끼 불독이야"라고 아둔하면서도 진실하게 말하기에 내가 경계심을 풀고 속내를 털어놓았더니만. 이제 내가 말할 차례야. "나는 고양이야." 나는 그 이름만으로도 면제를 받아… 내 속엔 고통과 추악함에 대한 증오가 있어. 내 눈에 거슬리는 것, 아니 그냥 나의 상식에 어긋나는 것은 싫어서 참을 수가 없어. 관리인의 고양이가 발을 다쳤다고 울면서 싸돌아다녔을 때도 나는 정당한 분노에 힘입어 그 자식에게 달려들었던 거야… 나는 녀석이 아가리를 닥칠 때까지…

(애원하듯) 제발 말하지 마!

(열을 내면서) 아! 이제 이해할 때도 됐잖아! 내가 한 일을 순화해서 얘기해도 너는 차마 못 듣겠다고 난리를 치지. 하지만 내가 그 피 흘리는 동물을 통해서 멸절시키고 싶었던 것은 나 자신의 피할 수 없는 죽음의 이미지, 그 위협적인 이미지였다고…

둘은 한참 동안 말이 없다.

(등을 부르르 떨면서) 감금은 우리에게 유익할 게 없어… 나는 쨍쨍하지

않은 순한 햇살을 받으러 기꺼이 나갈 테야. 마른 자갈과 감자튀김 같은 낙엽들 사이로 '바야데르(Bayadère, 인도의 무희)의 춤'을 출 거야. 바깥은 온통 노란색이야! 내 초록색 눈동자조차도 붉은 태양과 단풍 든 숲이 늘 비치다 보니 노란색이 됐지 뭐야. 나는 이제 노란색의 즐거움, 서늘하고 아름다운 가을, 벚나무 이파리에 남아 있는 붉은 새벽의 색깔 말고는 아무것도 생각하고 싶지 않아… 이리 와! 우리의 다리 힘을 시험해 보자. 아직 새로운 우리의 젊음을 우리 안에서 깊이 느껴보자… 어쩌면 죽음은 영영 오지 않을지도?

키키가 서랍장 위에서 소리를 전혀 내지 않고 바닥으로 사뿐히 뛰어내린다.

병이 난 그녀

(키키를 저지하면서) 뭘 하려고?

문짝을 긁으면서 '격리된 고양이의 탄식'을 노래할 거야.

(잠자는 그녀를 가리키며) 그녀가 분명히 깰 텐데?

(귀찮다는 듯이) 조그맣게 부를게.

문짝도 소리 나지 않게 긁을 수 있어? 가만히 있어. 그가 나가면서 그렇게 지시했잖아.

(거만하게) 그가 나에게 지시를 해? 나에게 간청을 한 거야. 내가 그의 말을 따를 때는 그게 유일한 이유야.

얌전 빼는 야옹이 키키가 단념한 척 도로 앉고는 늘어지게 하품을 한다.

(하품하며) 네가 하품을 하니까 나도 따라서 하게 되잖아.

그게 아냐. 너도 지루해서 그래. (유혹하듯) 넌 지금 자유를 생각하고 있는 거야… 암탉이 닭장에서 나왔겠지. 맘껏 사냥할 수 있을 텐데.

그렇게 생각해?

어쩌면 그럴 거라는 말이지. 토끼굴 수색한다더니 그건 끝냈어?

(동요하며) 아니… 굴이 너무 깊더라고! 어제 파고 또 파고, 내 몸이 거의 다 묻힐 정도로 팠는데… 내 주둥이에 들러붙은 흙에 토끼털이 섞여 있었어…

(더욱더 간사하게 유혹하며) 내일은 끝을 보겠지… 내일이 아니어도 언젠가는 말이야.

(침통하게) 내년이 되지 말란 법도 없겠지?

너 왜 그래? 번들대는 검은 입술이 댓 발은 늘어져 있고 두꺼비처럼 툭 튀어나온 눈에서 눈물이 반짝이잖아… 너 우는 거야?

(코를 훌쩍이며) 아니야…

너의 섬세한 마음을 잘 추스르렴. 너의 기쁨, 너의 친구를 되찾게 될 거야. 지금 이 시각에도 농장의 암캐는 주방에서 뼈다귀를 오독오독 씹고 있을걸. 네가 나타날 때까지 그 오랜 기다림을 달래기 위해서 말이야.

(퍼뜩 놀라며) 농장의 암캐… 아!

게다가 그 개는 혼자가 아닐걸. 그레이트데인 경비견과 같이 있을 거야.

(발끈하며) 그렇지 않아.

가서 보면 알겠지.

(문으로 한 발 뛰어나갔다가) 아냐, 관둘래. 시끄러워질 것 같아.

그 말이 맞아.

음침한 적막이 내려앉는다. 울고 싶어진 멍멍이 토비가 몸을 둥글게 말고 누워서 눈을 감는다. 숨소리와 나지막한 흐느낌이 섞인다.

(멍하니, 낮고 단조로운 가락을 읊조리듯) 암캐… 귀여운 암캐… 뼈다귀, 귀여운 암캐… 토끼, 굴… 그레이트데인, 귀여운 암캐… 넓적다리뼈, 토끼털…

(처음에는 이 형벌을 영웅적으로 참아내지만 점점 신경이 날카로워지다가 결국 고개를 쳐들고 유기견처럼 구슬프게 울부짖기 시작한다.) 우우우우우!

조용히 해!

우우우우우! 우오오오오!

(상대가 듣지 못하게 고개를 옆으로 돌리고) 됐다.

그녀가 잠을 깨고 아직도 꿈에 빠진 채 정신을 차리는 동안, 고양이는 자기에게 자유를, 개에게는 벌을 내리러 계단을 올라오는 발소리에 귀를 기울이며 참을성 있게 기다린다.

첫 불

비가 주룩주룩 내리고 시월의 바람이 젖은 낙엽을 허공에 날려 보내는 날, 그녀가 올해 가을 들어 처음으로 벽난로에 불을 피웠다. 얌전 빼는 야옹이 키키와 멍멍이 토비는 뜨듯한 대리석 가장자리에 나란히 누워서 황홀에 젖었다. 그들은 불꽃을 홀린 듯 바라보면서 속으로 오만 가지 기도를 바친다.

(발을 감추고 있어서 쿠션과 흡사해 보인다) 불! 나의 추억보다 아름답고 태양보다 가깝고도 뜨거운 네가 드디어 돌아왔구나! 불이여! 너는 얼마나 찬란하게 타오르는지! 나는 얌전 빼느라 재회의 기쁨을 숨기고 눈을 반쯤 감지. 내 눈동자는 너의 빛을 만나 가느다랗게 수축한다. 내 얼굴에는 황갈색과 갈색으로 그려진 사유의 이미지 외에는 아무것도 떠오르지 않아… 내가 조심스레 가르랑거리는 소리가 네가 탁탁 튀는 소리에 묻히는구나. 너무 많이 튀지는 말아줘, 내 털에 불똥을 너무 많이 튕기지는 말아줘. 부디 자비를 베풀기를, 변화무쌍한 불이여, 내가 두려움 없이 너를 숭배할 수 있도록…

(난롯불에 반쯤 익은 듯, 눈은 충혈되고 혀를 길게 늘어뜨린 채) 불! 신성한 불! 네가 왔구나! 난 아직 어리지만 맨 처음 그녀가 손수 이 벽난로에서 너를 깨우던 그때의 경외감을 기억하고 있어. 어머니의 집 같던 마구간에서 나온 지 얼마 안 된 강아지가 너처럼 신비로운 신을 처음 알현한 일을 어떻게 잊을 수 있겠어.

오, 불이여! 나는 너에 대한 두려움을 잃지 않았어. 아앗! 네가 나의 살갗에 뭔가 뻘겋고 따끔한 것을 뱉었어… 무서워… 아니, 이제 괜찮아.

너는 얼마나 아름다운지! 붉게 빛나는 너의 중심부는 황금 조각들을 쏘아대다가 문득 파란 빛을 뿜곤 하지. 비틀거리며 날아오르는 연기는 괴이한 짐승의 형체를 그리고…

아, 더워! 좀 더 온화하게 타올라 줘, 지고의 불이여, 내 코가 말라 비틀어지다 못해 갈라지려는 게 보이지 않아?… 내 귀가 데이지 않았어? 너에게 애원하는 발을 내밀고는, 참을 수 없는 열락에 신음을 토하잖아…

더는, 더는 못 견디겠다! (멍멍이 토비가 돌아선다.) 아! 어떻게 해도 완벽할 순 없구나. 문 밑으로 들어오는 차가운 북풍이 나의 드러난 허벅지를 쑤시는군. 할 수 없지! 너를 똑바로 우러러볼 수만 있다면 내 엉덩이가 꽁꽁 얼어도 상관없어!

불이여, 나는 네 뒤에 따라오는 것을 모두 알아. 그 이유는 내가 고양이이기 때문이지. 나는 다가올 겨울이 보여. 나는 불안한 심정으로 겨울을 맞이하지만 즐거움이 없는 건 아니야. 나의 털옷이 겨울을 기리기 위하여 벌써 두툼해지고 근사해지고 있지. 얼룩이 더욱 거무스름해지고 희끗한 팔라틴은 풍성하게 부풀어 올라 반짝이는 긴 목도리가 되지. 그리고 내 배의 털은 여태껏 본 적이 없는 아름다움을 뽐내. 내 꼬리에 대해서는 무슨 말을 하면 좋을까? 이 꼬리는 꼭 황갈색 고리와 검은색 고리가 번갈아 끼워진 곤봉 같아. 혹은, 내 귀에서 우뚝하니 튀어나온, 이 값을 매길 수 없는 민감한 관모에 대해서는 또 무슨 말을 할 수 있을까? 그녀는 이걸 나의 귀고리라고 부르지… 어떤 암고양이가 나를 거부할 수 있겠어?

아! 일월의 밤, 얼어붙은 달빛 아래 울려 퍼지는 세레나데, 지붕 마루에서의 위엄 있는 기다림, 좁은 벽 위에서 라이벌 고양이를 딱 마주쳤을 때… 하지만 난 누구보다 센걸! 나는 꼬리를 흔들 거야. 귀를 목덜미 쪽으로 뒤집을 거야. 토하기 직전에 그러는 것처럼 비장하게 킁킁거리며 냄새를 맡을 거야. 그러고서 목청을 높일 거야. 내 목소리는 무한히 변조할 수 있지. 잠자는 두 발 족속들을 죄다 깨울 만큼 큰 소리로 외칠 거야. 고래고래 소리 지를 거야, 우는 소리를 낼 거야, 다리를 바깥쪽으로 구부린 채 정원을 성큼성큼 누비고 다닐 거야. 모든 수고양이들이 무서워 벌벌 떨 때까지, 난 그렇게 미친 척을 할 거야!

불이여, 나는 네가 예고하는 온갖 부침과 기쁨을 몰라. 그건 내가 개이기 때문이지.

정원에는 벌써 비가 내리고 있어. 도로와 숲에도 비가 내리는 것 같아. 떨어지는 물방울에는 이미 여름날 폭우의 미지근한 기운이 남아 있지 않아. 먼지에 취한 나의 들창코는 서쪽에서 날아오는 습기의 냄새를 기뻐해. 하늘이 불안해. 바람이 점점 거세어지니 내 귀가 깃발처럼 똑바로 설 지경이야. 나의 애원과 흡사한 날카로운 노랫소리가 문 밑으로 파고들어.

불이여, 너는 모든 날을 비추겠지. 하지만 내가 너를 숭배할 권리를 누리려면 얼마나 큰 고통을 치러야 할까! 그녀가 머리에 뾰족한 두건을 쓰고 내처 돌아다니거든. 그걸 쓰면 그녀가 딴 사람 같고 너무 겁이 나. 그녀는 나막신을 신고 작은 웅덩이, 진흙더미, 울부짖는 이끼를 아무렇게나 밟고 다닐 거야. 난 평생 그녀를 따라다니기로 맹세했으니 (게다가 달리 할 수 있는 방법도 없으니) 그래도 졸졸 따라갈 테지. 가엾게도 마지못해, 온몸이 젖어 번들거리는데 배는 흙으로 칠갑을 하고 나의 비참함에 모든 것을 잊게 될 때까지, 그러다 물에 잠긴 냄새들을 풀잎 사이사이에서 되살리느라 작은 숲을 정신없이 헤집고 다니게 될 때까지…

그녀는 내가 활발하게 따라오는 모습을 보면서 소통을 하고 싶어하고, 그렇게 우리는 대화를 나누지. "아! 멍멍이 토비, 아! 저기! 새가 있다! 나뭇가지 위에! 바보야, 벌써 가버렸어." 그러고 나서 그녀는 나를 불쌍해하기 시작하고 나는 거의 눈물을 흘릴 지경이 되지. "오, 나의 귀여운 검둥이, 실린더 모양을 한 내 사랑, 네 꼴이 흡사

양서류 같구나. 아이고, 얼마나 추울까, 이렇게나 흠뻑 젖다니, 네가 너무 안됐구나, 얼마나 힘드니, 오오오!" 그녀의 연민이 진심에서 우러난 것인지 아닌지 분별하기도 전에 나는 눈물이 차오르고 목이 메어 그녀의 음성과 똑 닮은 신음을 뱉는 것 외에는 아무것도 할 수 없어…

하지만 그녀의 변덕스러운 나막신이 집을 향해 돌아설 때, 종이를 긁는 그에게 돌아가기 위해 서두를 때는—내 기준으로는 너무 느리지만—얼마나 기쁨에 취하게 되는지! 나는 그녀의 주위에서 좋아서 펄쩍펄쩍 뛰고 깽깽대지. 언덕이 점점 작게 보이고 비탈길이 짧아지면서 정겨운 마구간 냄새, 나무 타는 냄새가 점점 가깝게 느껴져. 그리고 마침내 부옇게 김 서린 유리창 너머로, 불이여, 빛나는 네가 보이는 거야. 문지방을 넘어 네 앞에 다다르자마자 압도적인 졸음이 쏟아지지. 너는 내 배에 들러붙은 진흙을 말려 고운 가루로 만들고 길에서 튄 물은 수증기로 만들어 모락모락 날려 보내지.

오, 불, 오, 태양이여!

부드러운 열기가 내 옷을 뚫고 내 연약한 피부를 보호하는 솜털까지 파고들어. 만져지지도 않고 색도 없는 솜털은 비단실보다 곱고 여려. 나는 구름처럼 부풀어 올라. 나는 방을 가득 메워야 해. 뻣뻣한 수염이 전기가 오르는 것처럼 찌릿찌릿해. 이건 내가 곧 잠들 것이라는 신호야. 하지만 아직은 잠들지 않아. 다가올 계절과 너의 찬란함에, 오 불이여, 내 마음이 어지럽거든.

비가 내린다. 난 나가지 않을 거야. 아무도 날 보지만 않는다면, 난 살그머니 톱밥 통에 내 몸을 맡기러 갈 거야.

물론, 푸석한 흙이 더 마음에 맞긴 해. 냄새도 그렇고, 발톱 아래서 부서지는 질감도 그렇고… 하지만 나의 고매한 본성은 오랜 구속을 겪었고 쫄딱 젖은 주제에 아무 데나 발부터 들이미는 저 개를 멸시한단 말이지. 나는 나가지 않을 거야. 그보다는 태양을, 혹은 건조한 바람을 기다리겠어. 서리가 내린다면 더 좋지.

아, 살을 에는 추위는 흥분돼! 추위는 바늘 한 움큼으로 내 폐를 후려갈기고 나의 매력적인 코를 빙과로 만들어버리지! 얼음의 정령이 내 안에 광기를 불어넣어. 내가 땅에서 튀어오르고 날아오르고 미친 듯이 소용돌이치는 나뭇잎들과 겨루는 모습을 보면서 그녀는 깔깔대고, 그도 그때만은 나를 보려고 종이 긁기를 멈추지. 그럴 때의 나는 고양이보다 헝클어진 채 피어오르는 연기의 일부에 가깝지 않을까? 나무 위로! 아래로! 꼬리 방향으로 일곱 바퀴 돌기! 위험천만한 뒤로 뛰기! 수직으로 도약해 공중에서 배 비틀기! 회전, 재채기, 현실과 꿈을 오가는 달리기… 그러다 결국은 나 자신이 두려워지지! 갑자기 멈춰 서면 사방이 빙빙 도는 것처럼 보여. 빙빙 도는 그

낯선 세상에서 나는 부동의 중심이야… 내가 뭐가 뭔지 모른 채 될
대로 되라는 식으로 소 울음 비슷한 음메 소리를 가늘게 뱉으면 그
들이 달려와. 그녀는 깔깔대고 웃지만 그는 내 속에 탈이 났을까 봐
걱정을 하지… 그거면 내가 정신을 차리기엔 충분해. 나는 다시 자
신 있게 머리를 들고 고귀한 걸음걸이로, 붙이여, 너의 제단 옆 이
쿠션으로 돌아오는 거야!

이 벽난로의 바닥 돌에 내 발바닥의 돌기가 다 타는군. 어떻게 하지? 뒤로 물러날까? 아니, 절대 그럴 순 없어! 이 두려운 행복에서 멀어지느니 차라리 산 채로 구워지는 게 나아! 그녀가 당장 오지만 않으면 좋겠는데! 채찍 소리와 유배를 약속하는 마법 같은 외침이 울려 퍼질 게 뻔하잖아. "토비, 바보처럼 왜 이래! 고기구이가 될 셈이야? 난롯불 열기에 네 눈이 상하겠어. 그리고 계속 이러고 있으면 밖에 나갈 때 감기 걸려!" 그녀가 이렇게 말할 때 나는 충직한 바보 같은 표정을 짓지. 하지만 그녀는 속지 않아. 나는 위층에서 나는 발소리에 귀를 기울여, 왔다 갔다 하는 그녀의 발소리에… 훌쩍 나가서 돌아다니고 싶은 마음이 이제 잠잠해졌나? 오늘 아침, 그녀는 나에게 휘파람을 불었어. 나는 그녀에게 얼른 복종하고 싶은 마음에 계단 밑으로 쪼르르 달려갔지. 나는 땅딸막하고 다리가 짧고 코가 낮고 균형을 잡을 꼬리도 없어… 우리는 함께 출발했어. 유연한 나뭇가지 끝에서 마지막 남은 사과들이 흔들리고 있었어. 나의 행복한 음성, 그녀가 이따금 내지르는 기쁨의 탄성, 닭들의 헛된 노래, 마차가 바퀴 위에서 삐걱거리는 소리, 그 모든 소리가 푸르스름한 솜털 같은 안개 위에 떠돌고 있었어… 그녀가 나를 멀리 데려가지. 우리가 가는 길에는 놀라운 사건들이 차고 넘쳐. 우리는 무시무시한 대형견들을 만났어. 나의 당당한 낯짝에 그 개들은 골이 난 것 같았어. 하지만 난 단 한 번의 시선으로 그들을 잠잠하게 만들었지 (뭐, 굳게 닫힌 문 때문에라도 그 개들은 어쩔 도리가 없었겠지만). 난 토끼 한 마리를 덤불 속으로 쫓아갔지만 그녀가 큰소리를 쳤어. "그러지 마! 작은 토끼를 건드리지 말라고!" 나의 어머니가 물려주신 발은 재빠르지만 너무 짧아. 엉덩이가 하얀 그 토끼는 순식간에 나와의 거리를 벌리고 달아나버렸지. 붉은 열매들이 가득한 덤불 숲은 우리를 오래도 붙잡아놓았어! 그녀는 처음 보는 나무 열매들을 기꺼이 따먹었지. 나는 그녀를 반석처럼 굳게 믿어. 그녀가 지금까지 내게 먹으라고 주었던 것은 실제로 전부 다 맛있었어. 하지만 오늘 아침의 그

열매는… "먹어, 토비, 이건 산사나무 열매야. 이것도 먹어, 찔레나무 열매야… 아, 이 바보야! 어떻게 이 맛있는 걸 안 먹을 수 있담! 날 믿어, 장담하는데 이건 아무것도 더하지 않은 순수한 자연의 잼이라고!" 나는 그녀를 공경하는 마음에서 그 붉은 덩어리를 우적우적 씹었어. 장난기 많은 그녀의 손이 심어놓은 거친 털이 좀 있더라고… 그래서 일어나야 할 일이 일어나고 말았어… 케액! 구역질이 일어나면서 내 목구멍이 찔레나무 열매를 게워낸 거야…

불이여, 내 말 들어봐! 그 후에 뻣뻣한 나뭇잎들이 바스락대던 숲에서 보았던 일은 내 머리로 이해가 안 돼. 그녀가 너를 외투 속에 품고 데려갔던 거야? 아니면, 너 같은 신들마저 그녀의 몸짓에는 복종하는 거야? 나는 보았어, 그녀의 손이 나뭇단을 쌓고 납작한 돌들을 수수께끼처럼 만지작거리는 것을, 그리고 번쩍 불똥이 튀는가 싶더니 너의 기꺼운 영혼이 팔딱대고 점점 커지다가 벌거벗은 장밋빛으로 일어나 연기에 에워싸이는 것을, 이윽고 호전적으로 타닥타닥 타오르던 네가 서서히 죽어가고 결국 사라지는 모습까지도… 세상은 내가 이해할 수 없는 것들로 가득 차 있어…

이윽고 돌아오는 길에 공원의 창살 문 옆에서 고슴도치라고 하는 천하무적의 작은 동물을 발견했어. 그녀보다 내가 먼저 그 동물을 보았지. 우리 같은 개들은 고슴도치를 보자마자 큰소리로 짖게 마련이야. 약이 올라 미치겠더라고! 바늘꽃이 같은 겉모습 안에 숨어서 날 비웃는 동물이 느껴지니까. 그런데 난 아무것도, 아무것도, 정말 아무것도 할 수가 없잖아! 나는 애원했어. 무슨 일이든 할 수 있는 그녀가 나를 위해 저 고슴도치의 가죽을 벗겨주기를 간절히 바랐던 거야. 그녀는 조심스럽게 작은 막대기로 밤송이 뒤집듯 그놈을 뒤집

어 보았어. "와, 놀라워, 머리가 어디인지 못 찾겠어!" 그녀는 두 손
가락으로 바늘을 잡아 고슴도치를 여기까지 데려와서—나는 그녀를
따라오면서 춤을 추었지—자기 작업용 바구니에 넣었어… 잠시 후,
그 무서운 동물은 동그랗게 말았던 몸을 풀고, 돼지 같은 낯짝을 내
밀며 쥐와 닮은 눈을 반짝 뜨더니 두더지 발과 똑같은 작은 발로 매
달리더라고. "아유, 귀여워! 진짜 까만 미니 돼지처럼 생겼잖아!" 나
는 당장 해치우고 싶은 욕심에 탁자 아래서 낑낑댔지만 그녀는 나
를 위해 고슴도치의 가죽을 벗겨주지 않았어. 그때도 그러지 않았고
그 후로도 그런 일은 없었지. 어쩌면 요리사 아주머니가 벌써 먹어
버렸을지도. 아니면 저기 숨어서 비웃는 고양이가 해치웠을까… 아,
나는 아무리 조심해도 지나치지 않아. 예민한 내 심장이 미친 듯이
뛴단 말이야. 숨을 못 쉬겠다 싶은 때도 자주 있어. 난 이런 걸 생각
하지 말아야 해. 인생은 아름다워, 불, 네가 비춰주니까… 나 졸려…
이제 곧 의식이 떠나갈 내 몸뚱이를 지켜주렴, 불이여… 나 잔다…

첫 불

내가 기다란 두 눈을 감을 때 그려지는 벨벳 같은 긴 선 때문에 다들 내가 자는 줄 알아. 독특한 동양풍 화장의 대담한 아이라인 같은 그 선은 나의 눈꼬리에서 귀까지 이어지지. 하지만 난 깨어 있다고. 동양의 수행자처럼, 깨어 있지만 고요한 부동의 상태로 주위의 모든 소리와 모든 존재를 감지하지… 나의 복 받은 두 눈은 감겨 있을 때보다, 불이여, 너를 더 잘 관조하고 있어. 나는 네가 빛나는 꽃다발로 엮어놓은 다채로운 수종들을 헤아릴 수 있어. 여기 보랏빛, 푸른빛으로 활활 타오르는 불꽃은 측백나무 가지의 영혼이야. 어제도 잔가지들이 섬세하게 뒤틀린 이 앙상한 가지가 오솔길에 말총 같은 그림자를 드리우고 있었지. 그녀는 가위질 한 번으로 이 가지를 쳐냈어. 왜 그랬을까? 어쩌면 이 보랏빛, 푸른빛으로 활활 타오르는 영혼이 뿜어나오게 하려고? 그녀도 나만큼이나 너의 춤을 좋아하니 말이야. 네가 잠잠하면 그녀는 부젓가락을 들고 준엄하게 꾸짖지. 그녀는 고개를 숙이고 두 팔을 옆에 늘어뜨린 채 타오르는 장미처럼 복잡한 너의 심장에서 무엇을 읽는 걸까? 나는 몰라, 그녀는 확실히 아는 게 많지만 고양이만큼은 아니야.

장작의 울음, 그건 끈질긴 담쟁이덩굴에게 목숨을 빼앗긴 아주 오래된 전나무의 단말마 비명이야. 바로 얼마 전에 나는 그 나무가 풀밭에 쓰러진 것을 봤어. 붉게 물든 잎사귀들이 아름다운 붉은 머리를 풀어헤친 것처럼 보였어. 몸통에서 흐르는 송진에서 거품이 부글댔고, 그 송진이 슬그머니 포복하는 무거운 불꽃이 되었어. 하지만 붉은 머리채는 말라붙어 생생한 불의 모습으로 부서지고, 넉넉한 금빛 물결 아래 온갖 색을 분수처럼 뿜어내지. 그 물결이 관능적으로 몸뚱이를 마는 모습은 마치 내가 사랑에 빠지게 될 암고양이 같아…
사랑… 사냥… 전쟁… 불이여, 너는 그것들을 내 깊은 곳에서 태우
는구나. 날개 달린 짐승들이 시든 열매를 찾아 벌써 찾아오는 때가
됐어. 내가 그것들을 잡아먹을 테다! 땅이 나를 숨겨주길 바라는 마
음으로, 잡목림 아래 꼼짝하지 않고 숨어서 지켜보고 있다가 잡아버
릴 거야. 나의 허벅지 근육이 뛰어오르고 싶어 저릿저릿하고 턱이
부들부들 떨려. 내가 떨림을 억제하지 못해 내가 숨은 곳을 들키지
만 않는다면, 날개와 나뭇가지들이 스치는 큰 소리에 그것들이 죄다
달아나 버리지만 않는다면!… 아니, 나는 나의 주인이야. 정확히 때
맞춘 도약 한 번에 가녀린 먹잇감은 벌써 내 밑에 깔려 버둥대고 있
어. 작은 발톱들, 내 얼굴을 때리는 뾰족한 날개들은 무력하기 짝이
없지. 오, 약해빠진 동물들의 우스꽝스러운 노력이여… 산 채로 벌
벌 떠는 그것을 잡아먹을 기쁨으로 나의 아가리가 쫙 벌어지고 그
바람에 나의 완벽한 코에는 세 갈래 주름이 잡히지… 전사의 도취,
의기양양한 방향 전환, 나는 내 이빨 아래서 너무 빨리 죽어버린 새
를 아주 약간 찢기 위해 고개를 돌리고… 노획물을 떨어뜨리지 않
기 위해 이를 악물고 집으로 달려가. 그가 종이를 뒷전으로 하고 나
에게 날려와 감탄을 해야 하지 않겠어? 그녀가 당황해하면서 나를
쓸데없이 쫓아다니며 소리를 질러야 하지 않겠어? "못된 녀석! 야
만스럽기는! 새를 놔줘, 오, 제발! 너 때문에 내가 정말 못살겠다…"
하! 그녀는 사냥을 한 번도 안 해본 게 분명해…
불아, 추위가 지배하는 동안 나는 세상을 놀라게 하고 싶어. 농장에
사는 고양이(그녀는 "농부의 고양이"라고 부르지만 우리는 "고양이네 농부"라고 부

르지), 그 녀석은 옷차림이 형편없고 다리가 지나치게 길고 가는데다가 코는 족제비 같은 것이 영 보기 싫어. 그 고양이는 나를 빤히 바라보면서 발톱을 갈아. 인내심이 중요해. 놈은 힘은 세지만 멋이 없고, 난폭하지만 우유부단해. 문 닫히는 소리만 나도 그 고양이는 화들짝 놀라고 공포에 사로잡혀 귀를 뒤로 젖히지. 그렇지만 나는 그 고양이가 덩치깨나 있는 암탉을 소리도 없이 죽이는 걸 보았어. 너무 어린 암고양이의 설익은 눈에는, 혹은 정원 벽 위에 누가 앉을 것인가라는 문제에 대해서는, 두 가지 의미가 있는 단어에 대해서는, 아무것도 아닌 것, 그저 재미라는 면에서는 우리가 겨뤄볼 만하지. 그 고양이는 내가 설명할 수 없는 침묵으로든 암살자의 외침으로든 틀림없이 적의 사기를 꺾을 수 있다는 걸 알 거야. 정원의 야트막한 담벼락은 나한테 아주 편안한 장소로 보여. 그 녀석이 낮게 신음했다가 새된 소리도 냈다가 하면서 모든 음정으로 소리를 내보라고 해. 그 못난 낯짝과 더 못난 몸뚱이가 (아직도 이런 옛날 방식에 의존하기 때문에) 뒤틀려서 가짜 운동 실조 상태에 빠지게 되기를. 나한테는 그런 수작 안 통해. 나는 내 근사한 초록 눈으로 놈을 쏘아볼 거야. 내 집요한 시선으로 모욕을 느낀 놈의 눈썹이 처지고 놈의 등줄기에는 소름이 돋을 테지. 놈은 앞으로 나왔다가 뒤로 물러섰다가 다시 앞으로 나오면서 우리 고양이들의 오래된 전쟁의 춤을 추기 시작할 테지만… 나는 고양이 석상처럼 미동조차 하지 않을 거야. 내 눈동자의 초록색 저주가 나의 적에게 공포와 광기를 불어넣을 거야. 그리고 머지않아 놈은 몸을 배배 틀고 거짓 비명을 지르다가 마지막 수단으로 제 목으로 균형을 잡으려는 모습을 보일 거야. 마치 갈라진 배나무 같은 몰골로. 그러다가 결국 수치스럽게 감자밭으로 굴러떨어지고 마는 거지…

불, 이 모든 일은 내 말대로 이루어질 거야. 오늘, 미래는 너의 새로운 불꽃 속에서 밝아오고 있어.

몸이 점점 무거워지네… 내가 가르랑대는 소리는 탁탁대는 불꽃 소리에 스러지고… 나는 아직 너를 바라보고 있지만 이미 내 꿈을 보고 있어… 고운 빗소리가 유리창을 어루만지고 지붕의 우수관에서 비둘기 울음 같은 꾸룩꾸룩 소리가 나…

내가 자는 사이에 꺼지면 안 돼, 불아. 기억해, 네가 이 팔월 같은 휴식을, 고양이의 잠이라고 하는 이 섬세한 죽음을 지켜줘야 해…

폭풍우

숨 막히는 시골의 여름날.

반쯤 닫힌 덧창 안쪽, 집은 고요하다. 불안한 정원 역시 아무 움직임 없이 고요하기는 마찬가지다. 민감하기 그지없는 미모사 잎조차도 미동 없이 늘어져 있다.

얌전 빼는 야옹이 키키와 멍멍이 토비는 폭풍우를 예감하고는 불편한 기분을 느끼기 시작한다. 폭풍우는 아직 칙칙한 하늘색 벽 아래 청회색으로 두텁게 칠한 주춧돌에 지나지 않는다.

(옆구리로 누워서 쉴 새 없이 뒤척이며) 이게 아냐, 이게 아냐. 이 더위는 뭐야? 나 병이 난 게 틀림없어. 아까 점심으로 고기가 나왔을 때부터 구역질이 났고 사료가 못마땅해 냄새를 킁킁 맡았지. 뭔가 불길한 것이 어디선가 기다리고 있는 것 같아. 난 비난받을 만한 짓은 아무것도 하지 않았고 양심에 거리끼는 것도 없는데… 왜 이렇게 불편한 기분이 든담.

내 친구도 누워 있긴 하지만 부들부들 떨고 도통 잠을 이루지 못하네. 숨이 가쁜 걸 보니 나랑 비슷한 기분을 느끼는 것 같은데… 고양아?

(낯을 찡그리고, 낮은 목소리로) 조용히 해.

뭐야? 무슨 소리 들었어?

아니. 오, 세상에, 아니! 소리 얘기도 꺼내지 마. 아무 소리도 내지 마. 네 목소리만으로도 등 가죽이 파도처럼 출렁대는 것 같아!

(겁을 먹고) 너 죽어?

나도 그렇지 않기를 바라. 두통이 너무 심해. 털이 거의 없는 관자놀이 아래—순종임을 증명하는 이 푸르스름하고 투명한 피부 아래—동맥이 지끈거리는 게 보이지 않니? 죽을 것 같아! 이마를 둘러싼 혈관들이 몸부림치는 독사들 같아. 내 머릿속에서 난쟁이 도깨비가 무슨 수작을 부리기라도 하는 건지! 아, 넌 아무 말도 하지 마! 아니면, 내 귀에는 혈관에서 피 흐르는 소리밖에 안 들릴 만큼 작게 말하든가…

하지만 난 이 정적을 못 견디겠는걸! 떨려 죽겠는데 왠지는 몰라. 익숙한 소리가 들렸으면 좋겠어.
굴뚝에 밀려드는 바람 소리나 문 닫히는 소리, 정원의 속삭임, 동그란 주화 같은 포플러 나무 잎사귀들이 스치는 소리. 끊임없이 졸졸 흐르는 샘물 소리와도 비슷한…

큰 소리가 날 거야, 이제 곧.

그렇게 생각해? 그와 그녀가 너무 조용하니까 더 겁이 나.

그야 늘 종이를 긁는 사람이니까 그렇다 쳐. 쓸모는 없지만 존경할 만한 습관이지. 하지만 그녀는! 그녀가 밀짚 의자에 얼마나 의기소침하게 앉아 있는지 봐! 잠이 든 것처럼 보이지만 속눈썹이랑 손끝이 달싹거리는 게 보여. 그녀는 작은 실뭉치들을 가지고 노는 것도 잊었고 노래를 부르거나 휘파람을 불지도 않아. 우리처럼 힘들어하고 있다고.

왜 이럴까? 세상이 멸망할 때가 되어서 이런 걸까, 고양아?

아니. 폭풍우가 오려는 거야. 맙소사, 힘들어 죽겠네!

나를 짓누르는 이 가죽과 털뭉치를 벗어 던질 수만 있다면! 가죽이 벗겨진 쥐처럼 나의 밖으로 뛰쳐나가 상쾌한 밤공기를 느낄 수만 있다면!

아, 개야! 너는 보지 못하지만 난 느낄 수 있어. 나의 털 한 가닥 한 가닥이 불똥을 일으키고 있단 말이야. 가까이 오지 마. 시퍼런 불꽃이 나한테서 튀어나올 테니…

(부르르 떨면서) 모든 것이 끔찍해지고 있어. (힘겹게 현관까지 기어간다.) 밖에 무슨 짓을 한 거지? 나무들이 전부 푸르러졌고 풀이 물의 표면처럼 반짝거려. 햇살이 이렇게 음울할 수가! 함석지붕들 위에 비치는 햇빛이 창백해. 언덕 위의 작은 집들이 새로 생긴 무덤들 같아. 독말풀꽃에서 스멀스멀 퍼지는 냄새를 맡을 수 있어. 흰색 종 모양 꽃에서 풍기는 쌉쌀한 아몬드 같은 묵직한 향 때문에 속이 뒤집힐 것 같아. 저 멀리 독말풀꽃 향기만큼이나 무거운 연기가 느리게나마 피어오르고 있어. 연기는 일직선이 되었다가 다시 쓰러지지… 마치 끝이 부러진 깃털 장식처럼…

너도 여기 와서 봐! (얌전 빼는 야옹이 키키가 비틀거리는 걸음으로 현관까지 걸어간다.) 오! 하지만 너도 달라졌는걸, 고양아! 낯짝이 축 처진 것이 굶어 죽기 일보 직전처럼 보여. 게다가 털이 어떤 데는 납작하게 짓눌리고 또 어떤 데는 부스스하게 일어난 꼴이 기름병에 빠진 족제비가 따로 없네.

내버려둬. 내일이면, 해가 다시 한번 우리를 비춰준다면, 다시 위엄 있는 나 자신으로 돌아올 거야. 오늘은 씻지도 않았고 털을 매만지지도 않았어. 마치 연인을 영원히 떠나보낸 여인처럼 말이지…

왜 그렇게 우울한 소리만 해대는 거야! 나는 소리를 지르고 도와달라고 외칠 거야. 어쩌면 그녀에게로 피하는 게 낫겠어. 너에게서 위로를 얻기는 글렀으니 그녀의 얼굴에서 찾아볼까 봐. 하지만 그녀는 밀짚 의자에서 잠든 것 같아. 눈꺼풀이 닫혀 있으니 저 눈에서 나의 운명을 읽어낼 수도 없겠지. 축 늘어뜨린 손을 혀로 스칠 듯 말 듯 공손하게 핥아서 깨워볼까. 오! 그녀가 다정하게 쓰다듬어주자마자 사악한 마법이 물러가기를!

멍멍이 토비가 그녀의 손을 핥는다.

(비명을 지르며) 아악!… 세상에, 놀랐잖아! 이 개는 어쩌면 이렇게 어리숙할까… 에잇! (죄인의 콧등을 퉁명스럽게 살짝 때린다. 멍멍이 토비는 성질이 폭발해서 마구 짖기 시작한다.) 조용히 해! 조용히 하라고! 내 앞에서 꺼져! 나도 내가 왜 이러는지 모르겠지만 너, 꼴보기 싫어! 그리고 저 고양이는 자기가 뭐라고 날 거북이 보듯 하는 거야!

(털을 곤두세우며) 날 건드리기만 해, 그녀라고 해도 잡아먹을 거야!

대판 싸움이 나기 일보 직전… 바로 그때 나지막하게 우르릉대는 소리가 들린다. 멀리서 들리는지 가까이서 들리는지, 지평선에서 오는지 집 안에서 나는지 알 수 없는 그 소리에 셋 다 싸움은 뒷전이 된다. 얌전 빼는 야옹이 키키와 멍멍이 토비는 어떤 신호에 복종하듯 바로 꼬리를 내리고 슬금슬금 몸을 피한다. 하나는 책장 아래에, 다른 하나는 안락의자 밑에 숨는다. 그녀는 불안한 듯 납빛이 무겁게 내려앉은 정원 쪽으로, 자색 구름의 벽 쪽으로 돌아선다. 갑자기 구름 벽이 갈라지듯 눈부신 푸른 불이 가로지른다.

(일제히) 아앗!

갑자기 굉음이 울리고 유리창들이 덜컹거리기 시작한다. 순식간에 밀려든 바람이 캔버스 퍼덕대는 소리를 내면서 집 전체를 감싸고 온 정원이 엎드리듯 바람에 휘어진다.

(불안해하며) 맙소사! 사과 어떡해!

(모습을 보이지 않은 채) 내 귀를 갈가리 찢기는 한이 있더라도 이 밑에서 끌려 나가는 것보단 나아!

(모습을 보이지 않은 채) 듣고 싶지 않아도 소리가 들리는 걸 어떡해. 무슨 일이 일어나고 있는지 눈에 선해. 그녀가 서둘러 달려가 창문을 닫아. 계단에서 뛰는 소리… 아얏! 또 무서운 불꽃이 일어났어… 모든 것이 무너져 내리고 있어! 이제 아무 소리도 안 나네… 다들 죽었나? 안락의자의 늘어진 술 사이로 엿봐야겠다. 죽을 위험을 무릅쓰고라도 볼 건 봐야지. 첫 우박, 그 얼음덩어리들이 쥐방울 이파리에 구멍을 냈네. 이제 빗줄기가 한결 듬성듬성하군. 은빛 빗방울이 얼마나 무거우면 모래가 움푹 파이고 무늬가 잡혔네.

(속상해하며) 복숭아가 죄 떨어지는구나! 그런너트도!

셋 다 입을 다문다. 비, 박력 있게 번개가 내리치는 소리, 울부짖는 바람, 소나무 스치는 소리. 일시적 소강 상태.

아까보다는 덜 겁나는 것 같아. 날카롭게 곤두섰던 신경이 빗소리에 조금 풀어졌어. 목덜미나 귀에서 뜨뜻한 기운이 흐르는 게 느껴지는 것 같아. 귀청이 떨어질 것 같은 굉음은 멀어졌어. 내 귀에 내 숨소리가 들리네. 좀 더 환한 햇살이 여기, 이 책장 밑에 숨어 있는 나에게까지 비치는군.

폭풍우

그녀는 뭘 하고 있지? 아직은 감히 못 나가겠어. 저 고양이가 움직여주면 좋을 텐데!

(멍멍이 토비가 조심스러운 거북처럼 머리만 쏙 내민다. 번갯불이 번쩍 일어나자 그 머리가 도로 책장 밑으로 들어간다.) 아아! 또 시작됐어! 비가 양동이로 퍼붓는 것처럼 유리창을 때리는군! 벽난로 앞의 풍향 조절용 철판이 하늘의 우르릉대는 소리를 흉내 내는 건가. 모든 것이 무너져 내려… 그녀가 아까 내 코를 때렸어!

한 방울 한 방울, 잘 맞물리지 않은 창틀 틈으로 새어든 빗물이 마룻바닥에 기다란 갈색빛 하천을 이루고 뱀처럼 구불구불한 선을 그리며 나 있는 데까지 다가오네. 저 물이라도 마셔야겠어. 덥고 목말라 죽겠단 말이야.

관절이 쑤시고 아파. 내 귀는 하늘이 요동치는 방향으로 이리저리 곤두서느라 지쳤어. 초조하고 두려워서 아직도 턱관절이 잔뜩 긴장해 있다고. 게다가 이 안락의자는 너무 낮아서 밑에 숨어 있으려니 등의 털이 다 쏠려. 하지만 이런 생각을 할 수 있다는 것 자체가 벌써 약간 안심이 됐다는 뜻이지. 집이 잠시나마 조용해졌으니 말이야. 아까 그 무시무시한 굉음이 아직도 내 귀에 생생하지만 빗소리, 바람 소리는 이제 한결 잦아들었어.

그는 뭘 하고 있는 거야? 그도 우리처럼 폭풍우에 불안해할 텐데, 어째서 이 미쳐 날뛰는 자연을 달래러 나타나지 않는 거야?

그녀가 현관문을 여는군. 너무 이른 거 아닌가? …아냐, 암탉들이 물웅덩이를 건너뛰며 나이 든 처녀들처럼 *꼬꼬댁꼬꼬댁* 비명을 지르는 꼴을 보아하니 날이 개겠네.

오! 물에 젖은 잎사귀들, 갈증을 해소한 흙의 신선한 향기가 여기까지 밀려드는구나. 태어나 처음으로 숨을 쉬는 기분이 드는 이 순수한 냄새!

얌전 빼는 야옹이 키키가 안락의자 밑에서 나와 현관까지 기어간다.

(불현듯) 으흠! 좋은 냄새! 산책의 냄새가 난다! 모든 게 생각할 겨를도 없이 너무 빨리 변하네. 그녀가 문을 연 건가? 얼른 가자. (냉큼 뛰어나간다.)

마침내! 마침내! 정원이 제 색깔을 되찾았어! 미지근한 습기가 오톨도톨한 내 코를 적시고 나의 사지가 폴짝폴짝 뛰고 달리고 싶은 욕망으로 꿈틀거려. 풀이 향기를 풍기고 물에 젖어 번들거려. 뿔달팽이들이 눈 가장자리로 장밋빛 자갈길을 더듬고 검은색과 흰색 얼룩의 민달팽이들은 은빛 리본처럼 벽을 수놓고 있어. 오! 젖은 풀 위를 달리는 금빛과 초록빛의 아름다운 동물! 내가 저걸 확 잡아버릴까? 발톱을 세우고 저것이 '파삭' 소리를 내며 죽어버릴 때까지 저 금속성 껍데기를 긁어볼까나?

아냐. 나는 문에 기대어 선 채 숨을 깊게 들이마시고 말없이 미소짓는 그녀 옆에 붙어 있는 게 더 좋아. 난 행복해. 내 속의 무엇인가가 존재하는 모든 것에 감사해. 햇빛은 아름답기도 하지, 이제 다시는 폭풍우가 몰아치지 않을 거라는 확신이 들어.

더는 못 참겠어, 나가야겠어. 섬세한 내 발은 물웅덩이를 피해 물기가 벌써 제법 가신 둔덕들을 골라 내디딜 거야. 느껴질 듯 말 듯 한 전율이 정원에 흘러넘치고 빛나며 진동하는걸. 사방에 매달린 보석들이 흔들리고 있잖아…

석양이 비스듬하니 내리꽂는 빛살이 내 눈에서 자기와 똑같은 초록색과 금색으로 부서진 빛의 조각들을 만나. 하늘은 아직 다 가라앉지 않았어. 두 구름 사이로 튀어나온 빛나는 검이 아까 우리 머리 위에서 날뛰었던 푸르스름한 먹구름을 동쪽으로 몰아내고 있어. 독 말풀 향기가 퍼지고 날아올라 우박 맞은 레몬 나무 향기와 뒤엉켜 하나가 되네. 뭐야, 단박에 봄이잖아! 장미 나무에 작은 날벌레들이 다닥다닥 붙었어. 나도 모르게 입가에 미소가 지어지네. 나는 놀 테 야. 떨어지는 물방울을 피하기 위해 목을 길게 빼고, 향기로운 풀잎 으로 콧구멍을 간질이면서 놀아볼 테야. 하지만 그가 드디어 등장해 나를 따라왔으면 좋겠어. 나의 일거수일투족에 감탄해 주면 좋겠어. 그는 나와서 우리와 놀지 않을 건가?

「무지개」라는 노래의 리듬을 흥얼거리는 목소리. 솔, 시, 레, 솔, 라, 시—전부 음정이 약간 떨어진다. 문이 열렸다가 닫힌다. 비에 젖어 흐드러진 포도나무 가지 아래, 베란다를 에워싼 재스민 사이로 그가 나타난다. 바로 그때, 하늘에 걸린 무지개가 보인다!

# 손님

파리의 겨울 오후. 탑 모양 난로 안에서 타닥타닥 불이 타는 따뜻한 아틀리에. 멍멍이 토비는 바닥에, 얌전 빼는 야옹이 키키는 늘 앉는 쿠션 위에 자리 잡고 있다. 늘어지게 낮잠을 잔 후엔 항상 그렇듯 꼼꼼하게 몸단장 중이다. 평화롭기 그지없다.

여기선 시골에서보다 발톱이 빨리 자라.

난 그 반대인데.

자, 봐!

(씁쓸하게) 놀랄 일도 아니지. 여기선 벽지가 상하면 안 된다고 그녀가 내 발톱을 잘라주니까… 어쩌겠어! (과장되게) 참아내는 수밖에.

넌 오늘 뭐 해?

뭐… 아무것도 안 해.

(빈정대면서) 어련하시겠어.

미안하지만 아무것도 변하지 않길 바라. 너희 모두 왜 그렇게 변화에 목매는 거야? 변화는 곧 파괴야. 꿈쩍하지 않는 것만이 영원할 수 있어.

그렇다면 나는 세 시간째 영원하다고 할 수 있겠군.

하지만 넌 아까 그녀와 나갔다 왔잖아? 둘이서 방울 소리, 옷 구겨지는 소리, 좋다고 쿡쿡대는 소리를 몰고 회오리바람처럼 돌아와 놓고는… 너는 얼음장 같은 바람에 휩싸여 있었고 그녀가 내 납작한 이마에 뽀뽀할 때 그녀의 코끝이 차가운 과일처럼 나한테 닿았어. 내 이마의 짙은 줄무늬는 고전적인 M자를 그리고 있는데, 그녀는 그게 내 이름 미네(Minet, 새끼 고양이)와 먀우(Miaou, 야옹)를 상징한다고 했어.

그래… 우리는 요새의 비탈길을 신나게 내달렸어. 그다음에 어떤 상점에 들어갔지.

상점 가는 건 재미있어?

자주 그렇진 않아. 사람들이 서로 밀치고 난리도 아니지. 난 그녀를
잃어버릴까 봐 무슨 일이 일어나거나 말거나 그녀의 발뒤꿈치에 내
코를 딱 붙이고 따라다녀. 모르는 사람들의 발이 나를 밀거나 스치
고 내 발을 막 밟아. 내가 소리를 질러도 치맛자락에 덮이고 말지…
상점에서 나올 무렵에는 그녀도 나도 난파 생존자 같은 몰골을 하
고 있지…

신들의 가호로 나는 그런 팔자를 면했군! 여기선 시간이 평화롭게
흘러가. 그녀가 집에 없으면 아무 방해도 없이 나의 건강 관리 수칙
에 맞게 시간을 쓸 수 있지. 붉은 간과 우유로 점심을 먹고 나면 왠
지 유치한 즐거움이 되살아나면서 아직 솜털이 보송보송했던 새끼
고양이 시절로 돌아간 것 같아. 배는 빵빵하고 기분은 붕 뜬 채 그
에게 다가가지. 그는 검게 만든 종이를 구겨 버리고 조용한 미소
로 나를 맞아줘. 그와 나는 같은 침상에 늘어져 한가로이 낮잠에 빠
지지. 그가 들고 있는 종이는 언제나 내게 더없이 샘나는 것, 더없
이 놀라운 것처럼 보여. 나는 그가 햇빛을 막아주려고 내미는 신문
을 곧잘 앞발로 좍좍 찢어버리지. 그가 소리를 지르면 나는 기쁨에
사로잡혀. 그래서 발라당 배를 드러내고 드러누워 옆으로 구르는
춤을 추는데 그는 이걸 '바야데르의 춤'이라 부르지. 그다음엔 뭐랄

까, 모든 것이 내 눈앞에서 활기를 잃고, 흐릿해지고, 멀어지지… 몸을 일으켜 나의 쿠션으로 돌아가고 싶지만 벌써 꿈이 나를 세상에서 떼어놓았는지… 행복한 시간이야. 그녀와 네가 집에서 나가고 없을 때, 온 집이 휴식에 들어가 천천히 호흡을 해. 나는 이내 어둡고 달콤한 잠에 깊이 빠지지. 나의 귀만 문과 종의 막연한 소리를 향해 예민하게 돌아가는 안테나처럼 깨어 있어. (바로 그때 종이 울린다. 멍멍이 토비와 얌전 빼는 야옹이 키키가 흠칫 몸을 떨고 자세를 고친다. 고양이는 앉아서 털이 북슬북슬한 꼬리를 앞발 주위로 끌어당긴다. 개는 스핑크스 같은 자세로 결연하게 콧등을 쳐들고 있다.) 무슨 일이지?

배달부인가?

(어깨를 으쓱하고) 일꾼들이 드나드는 문 쪽 종소리가 아닌걸. 손님인가?

(펄쩍 뛰며) 재수 좋네! 차를 마시고 케이크를 먹을 것 아냐! 각설탕! 케이크 부스러기!

(우울하게) 부인네들이 장갑 낀 손으로, 그러니까 이미 죽은 가죽을 덧씌운 손으로 내 등을 쓰다듬고 탄성을 질러대겠군… 으이구!

여자들의 목소리, 그리고 그녀의 목소리. 작은 종이 낭랑하게 울리면서 문이 열린다. 아주 작은 영국산 테리어 한 마리가 혼자 들어온다. 검게 그을린 그 개는 신이 나서 종종걸음친다.

(거만히 내려보는 자세로) 나는 깨물어주고 싶도록 예쁘고 귀여운 개랍니다!

멍멍이 토비는 놀라운 반 감탄 반으로 굳어진 채 아무 말도 하지 않는다. 얌전 빼는 야옹이 키키는 분개하며 피아노 위로 뛰어 올라가 제 모습을 숨기고는 곱지 않은 눈으로 상황을 지켜본다.

(자신을 향한 감탄이 들리지 않는다는 데 놀라서 다시 한번 말한다.) 나는 깨물어주고 싶도록 예쁘고 귀여운 개랍니다! 몸무게는 900그램밖에 되지 않고, 내 목걸이는 금이고, 내 두 귀는 검은 새틴에 번들거리는 고무를 덧댄 것 같고, 내 발톱은 새들의 부리 같고, 또… (멍멍이 토비를 발견하고) 어머! 누가 있었네! (정적) 제법 괜찮은데?

애교, 고개 숙이기, 서로 콧등 스치기.

정말 자그마한 암캐로군!

선생님… 저에게 다가오지 마세요.

왜요?

저는 이유를 모르고요, 제 여주인이 알아요. 제 여주인은 지금 여기 없어요. 다른 방에 있거든요.

몇 살입니까?

열한 달 됐어요. (암숙하듯) 생후 11개월이고, 제 어머니는 애견대회에서 가장 예쁜 개로 뽑혔으며, 저의 몸무게는 900그램밖에…

그 얘긴 아까 들었어요. 어떻게 몸집이 그렇게 작을 수 있지요?

(피아노 위에 숨은 채) 못생긴 암캐 같으니, 냄새도 구려. 발은 기형이고 잠시도 가만히 있질 못하네. 그런데도 저 수캐가 끼 부리는 것 좀 봐!

(아양을 떨면서 수다스럽게) 이렇게 태어났는걸요. 팔토시 안에도 쏙 들어갈 수 있답니다. 내 새 목걸이 봤어요? 이거 진짜 금이에요.

그 끝에 매달린 건 뭐예요?

엄마가 대회에서 수상한 메달이랍니다, 선생님. 난 이걸 한시도 몸에서 떼어놓지 않죠. 나는 얼음궁전에서 왔어요. 거기서 굉장한 인기를 끌었죠. 내가 우리 마님에게 말을 거는 신사를 막 물어뜯으려고 했거든요. 상상이 가요? 사람들이 얼마나 배를 잡고 웃던지!

작은 개가 몸을 배배 꼬면서 쩍쩍 소리를 낸다.

(들리지 않게 고개를 옆으로 돌리고) 정말 희한한 동물일세! 그런데 진짜 암 캐는 맞나? (킁킁대고 냄새를 맡는다.) 맞네. 쌀가루 냄새가 나긴 하지만 암 캐가 맞긴 맞아. (큰 소리로) 잠시 앉으세요, 그렇게 자꾸 꼼지락대니까 내가 영 불편한데…

그럴게요. (작은 개가 섬세한 발가락을 보여주기 위해 앞발을 교차하고 앉은 모습이 흡사 조 그만 그레이하운드 인형 같다.) 여기 혼자 계셨나요?

(피아노 쪽을 쳐다보며) 개는 나 혼자뿐이니 그렇다고 하지요. 그건 왜 묻죠?

이상한 냄새가 나서요.

고양이 냄새일 겁니다.

고양이요? 고양이가 뭐예요? 난 한 번도 본 적 없어요. 그런데 방에 당신만 두고 간 거예요?

그럴 때가 있어요.

그런데 짖지도 않아요? 난 혼자 남겨지면 울부짖고 괴로워하죠. 겁이 나고 불안해서 쿠션을 마구 물어뜯어요.

그럼 채찍으로 맞아요.

(모욕당한 것처럼) 채찍… 무슨 말을 하는 거예요? 진짜 제정신이 아닌가 봐. (갑자기 싹싹하게 돌변한다.) 안타깝네요. 이렇게나 멋진 눈을 가졌는데.

그렇죠? 눈이 멋지다는 말 많이 들어요. 내 눈은 크고 툭 튀어나왔어요. 그녀는 내 눈이 가재 눈 같대요. 이런 말도 했었지요. "너의 바다사자 같은 아름다운 눈, 두꺼비를 닮은 금빛 눈…"

그녀가 누군데요?

(단순하게) 그녀.

당신이 하는 말은 하나도 못 알아듣겠어요. 하지만 굉장히 좋은 분이라는 건 알겠네요! 오늘 저녁에 뭐 하세요?

그야… 저녁을 먹지요.

맙소사, 그거야 나도 알죠. 이 집에서 대접을 받는 건지, 밖에 나가서 먹을 건지 알고 싶다고요.

아뇨, 난 이미 나갔다 왔어요.

차를 타고 갔어요?

걸어서 갔다 왔어요, 당연히.

뭐라고요? 당연하다니요? 나는요, 차를 타지 않고는 나가지 않아요. 앞 발바닥을 잠시 보여줄래요? 어머, 세상에! 칼 가는 숫돌 같아요! 내 발을 좀 보세요. 위쪽은 새틴 같고 아래쪽은 벨벳 같지요.

당신이 시골에서 조약돌을 밟고 다니는 걸 한번 보고 싶네요.

하지만 저도 작년 여름에 시골에 가봤어요. 거긴 조약돌이 없던데요.

그럼 시골이 아니었겠지요. 당신은 시골이 뭔지도 몰라요.

(심기가 상해서) 저 알거든요, 선생님? 시골이란 이런 거죠. 고운 모래, 매일 아침 손질하는 부드러운 잔디, 풀밭 위의 긴 의자, 크레톤 천으로 만든 큼지막하고 서늘한 쿠션, 거품이 이는 우유, 그늘에서의 낮잠, 가지고 놀기 좋은 작고 붉은 능금들.

(고개를 저으며) 아뇨. 눈꺼풀에 들러붙고 발바닥을 태우는 흰 가루로 뒤덮인 길, 냄새는 좋지만 억세고 오그라진 풀이 시골이죠. 난 불안한 밤이면 그런 풀에 콧등과 잇몸을 비비곤 해요. 나 홀로 그와 그

녀를 지켜야 하니 불안을 가눌 수 없어요. 바구니 안에 누워도 심장이 미친 듯 뛰어서 잠을 이룰 수 없다고요. 먼 곳에서 어느 개가 나쁜 놈이 지나간다고 알리는 울음소리가 들려요. 그자가 내 쪽으로 올까? 내가 곧장 눈에 핏발을 세우고 분필처럼 말라빠진 혀를 내밀고 놈에게 달려들어 그림자에 가려진 그 얼굴을 물어뜯어야 할까?

(흥분해서 파르르 떨며) 더! 더 얘기해 주세요! 아, 무서워라…!

(겸손하게) 안심해요, 그런 일은 결코 일어나지 않았어요. 그래요, 시골은 그런 거죠. 그리고 마차 안 그늘에서 바라보는 끝없는 언덕… 허기, 갈증, 더위, 피곤에 영혼이 희망을 잃고 체념에 빠질 때…

(열에 들떠) 그럴 때?

그래도 아무 일도 일어나지 않아요. 어쨌든 집으로 돌아오죠. 양동이의 검은 물을 숨도 안 쉬고 마시는 동안—그녀가 "이 녀석의 커다란 혀는 마치 붓꽃 꽃잎처럼 가운데가 갈라져 있어"라고 말한 적 있어요—쓰라린 눈꺼풀, 먼지투성이 속눈썹에서 미세한 물방울들이 마구 튀어요… 시골은 이런 것, 그리고 다른 여러 가지를 뜻하죠…

(피아노 위에서, 꿈을 꾸듯이) 그래, 시골은 그 모든 것이야. 그리고 과거가 남긴 습관은 오랜 잠에 짓눌린 흔적이 남은 쿠션처럼 자기한테 맞게 변형된 형태로 남는 법이지… 그 모든 것, 그리고 자유로운 밤, 올빼미의 슬픈 울음소리만이 지상의 나만큼이나 조심스럽게 밤하늘을 가로지르고, 포도나무에 매달려 언제나 포도를 파먹는 은빛 쥐들이 나를 빤히 바라봐. 무더위에 뜨겁게 달아오른 돌벽 위의 체중 감량 치료로 나는 지치고 쪼그라들고 거의 구워지다시피 하지만 새파랗게 어린 수고양이들도 부러워할 만큼 날씬한 모습으로 다시 일어나. (이제 죽일 듯한 눈빛으로 작은 개를 쏘아보면서) 네가 감히 지나가 버린 기쁨들을 떠올리게 하다니, 이 냄새 고약한 짐승아, 확 죽어버려라! 내가 이 차가운 단에서 내려갈 수 있도록 썩 꺼져주지 않겠어? 추위에 발이 곱을 지경이라고!

(열정적으로 작은 개에게) 다 집어치웁시다. 당신이 거기 있으니까 내가 다른 생각을 할 수가 없군요. 당신을 좋아하는 것 같아요!

(눈을 내리깔고) 사랑인가요?

당연하지요.

손님

너무 빠른데요!

우리는 이미 너무 많은 시간을 낭비했어요.

하지만… 대화를 나눴잖아요. 참 즐거운 대화였어요. 왜 여주인이 나보고 다른 젊은 개들과 어울리지 말라고 하는지 점점 더 이해가 안 돼요.

당신을 사랑하게 해줘요.

그게 어떤 건데요?

이렇게요, 내가 시작해 볼게요. 뻣뻣한 발로 땅을 구르며 당신 주위를 돌면서 가볍고 구성지게 울어대요. 나의 뒤틀린 꼬리가 떨리고, 옆구리가 불안한 숨으로 들썩거리는 탓에 한결 날씬해 보이죠. 내가 의도한 건 아니지만 귀가 목덜미 뒤에 심어진 것처럼 뒤집히면서…

다가오지 마세요! 기분이 안 좋아요…